A Idade de Ouro do Brasil

João Silvério Trevisan

A Idade de Ouro do Brasil

Copyright © 2019 by João Silvério Trevisan

Grafia atualizada segundo o Acordo Ortográfico da Língua Portuguesa de 1990, que entrou em vigor no Brasil em 2009.

Capa
Alceu Chiesorin Nunes

Foto de capa
HEX/ Getty Images

Ilustração de miolo
Francisco Horta Maranhão

Preparação
André Marinho

Revisão
Carmen T. S. Costa
Ana Maria Barbosa

Os personagens e as situações desta obra são reais apenas no universo da ficção; não se referem a pessoas e fatos concretos, e não emitem opinião sobre eles.

Dados Internacionais de Catalogação na Publicação (CIP)
(Câmara Brasileira do Livro, SP, Brasil)

Trevisan, João Silvério
    A Idade de Ouro do Brasil / João Silvério Trevisan.
– 1ª ed. – Rio de Janeiro : Alfaguara, 2019.

    ISBN: 978-85-5652-096-8

    1. Ficção brasileira 1. Título.

19-30389	CDD-B869.3

Índice para catálogo sistemático:
1. Ficção : Literatura brasileira   B869.3
Cibele Maria Dias – Bibliotecária – CRB-8/9427

[2019]
Todos os direitos desta edição reservados à
EDITORA SCHWARCZ S.A.
Praça Floriano, 19, sala 3001 — Cinelândia
20031-050 — Rio de Janeiro — RJ
Telefone: (21) 3993-7510
www.companhiadasletras.com.br
www.blogdacompanhia.com.br
facebook.com/editora.alfaguara
instagram.com/editora_alfaguara
twitter.com/alfaguara_br

Ao Espírito do Tempo, que paira sobranceiro e tudo registra, para compor a narrativa da História.

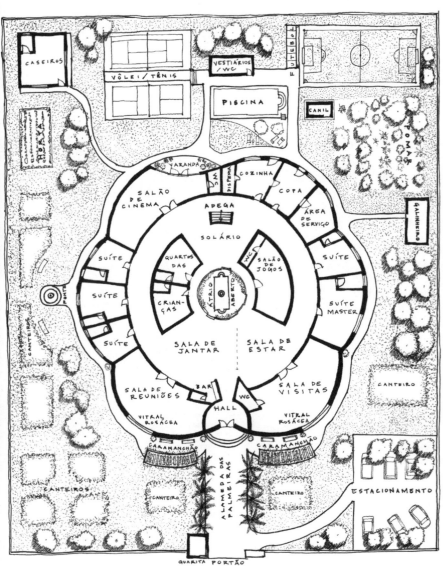

SOLAR das ROSÁCEAS

Um sonho intenso

Deslizamos em perfeita inocência pela casa — que poderia ser dos mortos. O luar entra pelas janelas abertas. Nada se move no ar. Como uma serpente, deslizamos ao rés do chão, num movimento tão inexorável que nada poderia chegar mais próximo da morte senão esse esgar. Sem sobressalto nem paixão, um movimento que testemunha o mundo. Nosso deslizar não perturba sequer as moléculas que carregam certo odor, não perceptível senão por olfatos superiores, diferentes daqueles que porventura habitam ou, para melhor dizer, habitavam esses desmedidos espaços de prata, depois que tudo aconteceu, de modo tão improvável. É um odor só acessível à morte, soberana sobre todos os sentidos, cujos sinais captamos vagamente. Enquanto deambulamos, abre-se ante nós uma mansão luxuosa, com cortinas, paredes e móveis brancos e limpos. Não que a cor dominante perdure, pois pressentimos certo vermelho a invadir sorrateiro o ambiente, ao sabor dos fatos que virão. Entre as paredes, impera o silêncio, quebrado apenas pelos grilos lá fora e latidos distantes. Tudo estremece, de repente. Um carrilhão de Westminster dispara e soam cinco badaladas num relógio de parede. Em nosso deslizar, que de tão sutil parece perfurar o nada, primeiro atravessamos os corredores. Depois, salões vazios. Por fim, a ala dos quartos com portas escancaradas, como se nunca tivessem sido habitados — e foram. Vagamos sem nenhuma intenção de perguntar ou desvelar. Ao dobrar um corredor, somos flagrados pelo vulto de uma mulher, vinda do fundo, talvez obesa, talvez nem tão senhora, vestida em trajes do *fin de siècle*, chapéu negro com rosa de seda vermelha, rosto inteiramente empoado, olhar fixo num ponto cego. Emerge do escuro para a luminosidade impalpável que perfuramos. Ah, adivinhamos. É Divina, a gorda diva e padroeira, diáfana como se fosse a própria fonte da luz, quase pairando no ar, enquanto a brisa a empurra em nossa direção. Desliza com uma placidez que nos supera, como se interpretasse um balé em movimentos — mínimos, funéreos — de algum butô. Nem bem recuperamos o fôlego da surpresa, ela se transfigura na Virgem Senhora, inflada por roupas brancas, agora esvoaçantes, quase transparentes. O mesmo voile das cortinas que o vento começa a soprar em silêncio funesto, filho da maldição de tânatos, que comanda à luz da lua um balé de sombras. Nossa Senhora das Flores.

Passado o impacto, deslizamos mais velozes, no encalço da miragem divina através da casa. Fantasma que talvez seja, o vulto se esvanece, de súbito. Espreitamos, inquietas. Diante da porta entreaberta de um quarto ainda na penumbra, vislumbramos ao fundo o vulto esvoaçante que, após segundos, torna a se esvair. Corrigimos o foco no instante mesmo em que um rosto assustado se levanta e, quase sufocando um grito de espanto, entra no campo do nosso olhar. O homem recém-desperto puxa os lençóis, arqueja e olha para os lados, assustado por um pesadelo que não consegue discernir. Parece que se podem ouvir ao longe algo como acordes de um órgão frenético.

Éramos seis. Tínhamos sido seis.

Sequencial 1

Sons indistintos chegam pelo vento. À medida que se aproximam, vão delineando vagas frases melódicas, antes de se desmembrarem por entre a densa mata que ladeia a estradinha asfaltada. Sons que bufam como saídos de cavernas da alma se aproximam mais e mais, tropeçando nos troncos e assustando os pássaros com uma sacralidade inesperada na manhã que irrompeu há pouco. A estranheza cresce quando uma Pajero prata, em alta velocidade, surge da curva e vai se avolumando em meio à melodia que, por extemporânea, torna sua visão quase irreal.

As caixas de som da Pajero emitem uma altíssima música de órgão, solene, elegante, sensual, barroca. Enquanto dirige, Vera Bee, também conhecida como Abelha Rainha, cantarola a melodia e marca os compassos com oscilações da cabeça. O esgar em seu rosto, mescla de aflição e êxtase, conecta-se ao pé, que, afundando no acelerador, mais revela do que camufla um desespero antigo. Ali, o encantamento não consegue se separar da dor, antes a aguça, como se fosse próprio da demasia borrar a linha divisória entre enlouquecer, maravilhar-se e levantar voo. Sob aparência de alegria e excitação, o bombardeio metálico e fatalista da trilha sonora espelha uma batalha interior.

— Porra, Abelha, que merda de música. O cara treme sem parar, parece que tem epilesia — grita Lili, no banco de trás.

Abelha assusta-se e cai de volta ao mundo real. Não denota satisfação nesse retorno. Sim, está ali, cheirada até a alma, com sua trupe "Afrodites da Pauliceia" a caminho de mais um dia de trabalho. Conhece cada uma das meninas de cor e salteado. Com paciência estudada, volta-se ligeiramente para o banco de trás:

— Você quis dizer e-pi-lep-sia, Lili Man-ju-ba? Antes de reclamar, vê se aprende a falar português.

Confere pelo espelho o efeito do seu corretivo. Lili fica de narinas infladas. Ao seu lado, Grinalda — aliás, Maria Grinalda — lhe dá uma cotovelada:

— Tá por fora, Lili. É a Lady Ga-Ga-Ga-Ga-Ga cantando. — Um pouco fora de si, Grinalda gagueja e gargalha.

— Eu já gosto. Boa pra foder. Oxe, tá no ritmo de um forrozão.

Dalila Darling ri escrachada, enquanto levanta um pouco a bunda e mexe-a para mimetizar uma foda, em seu forró imaginário que substitui o órgão barroco por sanfona nordestina. Ao lado, Lili se incomoda com o movimento e a empurra, meio malandra, meio ranzinza.

Grinalda discorda:

— Ai, viado, bom pra foder não tem como o tchan. A gente faz assim, ó: tchan, tchan, tchan, tchan — e mimetiza o tchan ao ritmo dos poderosos tubos do órgão. Ri enquanto se movimenta pra frente e pra trás, libidinosa.

Abelha grita, visivelmente ofendida:

— Por favor, bichas, mais respeito. Vocês estão tendo o privilégio de ouvir o maior compositor de todos os tempos. Johann Sebastian Bach, gênio dos gênios. Eu aqui tentando dar um pouco de civilização pro bicharéu, e vocês aí esculachando com essa bagaceira toda…

Até então quieta, Gloriosa — a fina da trupe — protesta contra a ignorância geral:

— É isso mesmo, bando de bicha pé de chinelo! Deixa a Abelha dar pra gente um pouco de sofisticação, caralho. Não custa nada.

Lili fustiga Gloriosa, mas mira Abelha:

— Ai, essa penopeia tá se achando!

— Nossa, que é isso, bi? "Peno" o quê?

— Pe-no-pei-a. É uma penosa que quer pôr o pé na Europa, mas não tem dinheiro nem pra morar no Brasil. Eu, hein?

Abelha não comenta. Engole um resto de ira ou mágoa ou desencanto e, através do espelho, examina com enfado as passageiras no banco de trás, onde o furdunço se anima. Agora as meninas ensaiam a dança da garrafa, cantando e rebolando como podem:

— Vai ralando na boquinha da garrafa, é na boca da garrafa, rala rala…

Riem e gritam, turbinadas pela noite maldormida e um rastilho de drogas. Já acostumada à zombaria, sempre que seu estilo se contrapõe ao gosto do grupo, Abelha sabe revidar com desprezo de superioridade, como agora. Seu olhar de rainha contabiliza a situação, atenta aos compromissos que aguardam as Afrodites da Pauliceia. Suspira com resignação e busca a indiferença, disfarçada em tédio. Estão alegres, o que mais poderia querer?

— ... vai descendo na boquinha da garrafa, desce mais, desce mais um pouquinho, desce devagarinho...

Para suportar seu inferno particular, Abelha Rainha aumenta o volume do som. Pisa no acelerador, rumo à batalha, e adentra seu imensurável desespero, no embalo sagrado dos tubos do órgão que mesclam Johann Sebastian Bach à efusividade sacrílega da plebe.

Os sons se afastam e se perdem na estrada agora vazia. Pássaros voltam a cantar. Cachorros latem ao longe. A crescente velocidade da máquina prenuncia um fantasma que vai perfurando a manhã brasileira e introduz o drama.

Sequencial 2

Uma sandália vermelha de salto alto, com textura rendada até o tornozelo, invade a cena e pisa firme no chão do calçamento de pedra, que se abre para um caminho arborizado. Ao fundo do terreno, emerge em meio à mata espessa uma mansão de pedra dentro de uma propriedade murada e, atrás dela, uma torre de telefonia móvel. A ponta da sandália pisa num resto de cigarro descartado e se reposiciona. Outros saltos altos vão se agregando, à medida que cada travesti desce do carro. Por enquanto são cinco, contando Vera Bee, a Abelha Rainha.

— Pronto, bichas. Aí está o Solar das Rosáceas, nosso palco.
— Tô boba, Abelha, parece um castelo.
— Nossa, bicha, tô passada!
— Arrasou! Um sonho!
— É mesmo aí que a gente vai se apresentar?
— Vocês vão ver. É uma casa muito doida. Tem o formato de uma rosa.

O grupo de meninas — ou seja lá como se queira chamá-las — defronta-se com uma alameda de palmeiras, num terreno cheio de árvores e jardins, que antecede o casarão. Apesar da manhã já adentrada, algumas luzes dos postes continuam acesas. Enquanto contemplam o solar, as Afrodites ajeitam as bolsas a tiracolo, sacolas e roupas esparsas trazidas para o show. Lili se mantém reticente:

— Coisa fina mesmo. Espero que paguem o cachê à altura dessa maravilha.
— E vão pagar, Lili! Já foi tudo combinado. A senhora não vai perder seu tempo.

Abelha está mais preocupada com o grupo do que com o casarão. Mas Lili insiste:

— Espero mesmo. Você mal combinou o preço com a gente...

Por um momento, Abelha ameaça perder a paciência:

— Olha, viado, não vai arrumar bafo logo cedo, tá? Aqui é tudo gente fina. Siga o conselho de mamãe Abelha e fica na tua. Tem grana boa no pedaço.

— Ih, não me venha com sermão logo de manhã, que eu tô cansaaaaaada demais pra conversa de bicha uóóóó. Nem que fosse minha falecida mãe...

Abelha se contém e vira o rosto para respirar fundo. Não consegue. Procura algo na bolsa, até o clima arrefecer. Dalila Darling interfere a seu favor:

— Deu a doida, foi? Tu reclama de tudo, Lili. Devia ter nascido pitomba. Avoa, franga!

— É, reclamo mesmo. O negócio nem foi acertado direito. Pensa que eu sou trouxa? Até agora madame Abelha não disse quanto a gente leva nessa.

Gloriosa, a bela Gloriosa de Orléans, se manifesta com estudada ponderação, à altura de sua suposta superioridade aristocrática:

— Pois se nem ela sabe, mona! A Abelha não passou bem de noite.

— É, mas negócio mal combinado sempre acaba em confusão — Lili insiste.

Dalila volta ao ataque:

— Ai, chega, rapariga de cego. Teu negócio é criar quizila, isso sim!

Maria Grinalda interfere conciliadora:

— Gente, ontem a Lili se esqueceu de firmar ponto com a Pomba Gira dela. Daí esse bafão logo de manhã. — Vira-se para Lili e continua: — Não tem nada a ver, né, bicha. A fada madrinha está no controle.

Lili, aliás, Lili Manjuba, contém-se, mas não sem antes projetar um bico de mau humor, que gosta de ostentar como gesto defensivo de última instância. Abelha aproveita o apoio recebido, enquanto ajeita a peruca e enrola no pescoço a echarpe de seda verde-limão que tirou da bolsa.

— Deixa pra lá, gente, depois de faturar ela vai agradecer a fada madrinha. E vocês, meninas, aguardem! Desse *business* eu entendo. Palavra de Vera Bee, vossa Rainha. — Buscando seu melhor olhar de cortar diamante, Abelha volta-se para Lili: — E, se for preciso, espero que a senhora ponha pra funcionar essa sucuri e-pi-lé-ti-ca que tem no meio das pernas.

Lili leva um susto com a eloquência da metáfora e emite um risinho espremido:

— Se eu conseguir, bicha. Depois de uma noite inteira batalhando, só por Deus...

— Deus e o viagra, né, viado — emenda Grinalda.

— E eu lá sou de tomar viagra?

— Como não, mana? Eu te conheço desde outros carnavais. Então não vi a senhora tomando escondidinha no banheiro?...

— Eu? E eu não preciso disso, sua monga... Viagra é pra bicha pobre de alma que nem você.

— Tá bom, chega de viagra, gente. — Abelha não deixa passar a oportunidade e vira-se, viperina, para Lili: — Acho que você quis chamar a Grinalda de "pobre de espírito", né, Manjuba?

Lili dá de ombros. Há um momento de acomodação dos ânimos.

Vera Bee, que adora quando a chamam de Abelha Rainha, já não é jovem. Parece cansada e conturbada, adoecida mesmo. Veste um tailleur clássico, de tom bege, que pareceria fora de moda, não tivesse o talhe perfeito. Aliás, é a perfeição clássica que a distingue do estardalhaço das demais. Apesar do cansaço, imposta um tom de voz de graça incomparável, quase sussurrando na ponta dos lábios:

— Agora vocês se arrumem com requintes de beleza, bichas. Nada de cara amassada. Daqui a pouco a gente vai entrar em cena.

Cada uma delas refaz a maquilagem do rosto, pinta os lábios, ajeita os cabelos em espelhos no retrovisor do carro e em suas frasqueiras. Apesar do glamour, as roupas estão amarrotadas, de modo que elas acertam as meias, viram-se para os lados, alisando os vestidos na parte traseira, e ajeitam os sutiãs, para colocar os peitos no ponto exato. A respiração suspensa em função da tarefa permite ouvir um turbilhão de cantos de pássaros de diferentes tons e timbres, vindos de toda parte, como um bombardeio da natureza. Por um instante quase mágico, como se tivessem o mesmo concertamento, os rostos das meninas se voltam em direção à mansão. Uma ostenta um olhar de desafio, outra olha com cobiça e há ainda entusiasmo, mera curiosidade e até apreensão. Em comum, rostos duros, maldormidos.

— O.k., *girls*, vamos fazer a chamada e conferir seus pares?

Perfiladas em linha reta diante de Abelha, perfazem uma trupe a postos para a grande performance.

Abelha começa, com ênfase de verdadeira mestra de cerimônias:

— Gloriosa de Orléans!

Gloriosa, a ruiva, dá dois passos à frente, gira o corpo e estaca em pose de top model, muito atraente com a saia aberta do lado a revelar uma linda coxa.

— Você, que é a mais fina, vai ficar com o dr. Otávio. Industrial ricaço e, como se não bastasse, um tipão. Ele é o anfitrião, entende? O dono da casa, que organizou a reunião.

Gloriosa forja um ar de parca curiosidade, para honrar sua finesse, mas não se contém e pergunta:

— É sério que eles estão aqui pra fundar um partido novo?

— Sim, senhora. Mas esse assunto não interessa pra gente...

Maria Grinalda não se contém de excitação:

— Ai, Gloriosa, vou aproveitar e pedir pra ele me eleger vereadora, você deixa?

— Por que não deputada federal, frango? — Dalila aparteia.

E Lili, venenosa:

— Presidenta, meu bem. Olha se ela não tem cara. Com tanta ruga, tá no ponto... Uma verdadeira Nefertiti!

— Inveja mata, viu, Lili? Olha para as minhas curvas, bicha.

— Eu? Inveja tem a senhora, do meu nicaô. — E passa a mão, coreograficamente, pelo meio das pernas.

— Como é o nome inteiro do meu cliente? — pergunta Gloriosa.

— É Otávio. O resto do nome não interessa. Ninguém aqui sabe o nome de ninguém. É uma reunião muito importante para o Brasil, e pronto. Bico calado, entenderam? — Abelha fala como quem conhece bem o assunto.

Lili capta a mensagem:

— Ih, já vi que tem babado forte no pedaço.

Por alguns segundos, Abelha encara Lili com ódio assassino. Controla-se e aguarda, até o auê se desfazer. Então prossegue a chamada:

— Maria Grinalda!

Grinalda se adianta e para ao lado de Gloriosa de Orléans, em pose afrescalhada. Não convicta da performance, joga o cabelo duas vezes para os lados.

— Você vai ficar com um cara também poderoso. Aliás, aqui são todos poderosos...

— Igual às Afrodites, então... — aparteia Dalila, no esculacho.

— É o José Carlos. Dono de uma cadeia de jornais e televisões em vários estados.

— Ih, então trabalha bem, bicha. Quem sabe a senhora aparece nalguma televisão do bofe — Lili aparteia.

Abelha tem um breve tremor e, por segundos, desequilibra-se, de modo quase imperceptível. Recupera-se de imediato, põe-se hirta e continua:

— Dalila Darling!

Dalila se junta às outras duas, jogando as mãos para o alto, com gestos maneiristas de Carmen Miranda.

— Você vai ficar com o Leonilson, industrial e usineiro poderoso. É o mais jovem da turma. Mas não se entusiasme, porque tenho uma tarefa extra para a senhora...

Há um momento de silêncio.

— Como eu tenho que ficar no controle geral, você vai se revezar entre dois homens importantes. Um é o velhão do grupo, o Hermes. Ele anda envolvido com política e é líder do agronegócio. Tem terras sem fim no Tocantins e no Mato Grosso. Seja paciente se ele não se entusiasmar e insista. En-ten-deu, Dalila? Vai ter que se esforçar dobrado. — Abelha faz uma parada teatral, antes de prosseguir. — Em compensação, você fica também com o Leo, que é um pedaço de homem. Parece que o dr. Hermes ajudou muito o Leo no começo dos negócios... En-ten-deu? Então seja feliz!

Maria Grinalda não se contém:

— Ai, Dalila, troca ele comigo, bicha. Você me deve um favor, lembra?

Totalmente concentrada em sua dupla tarefa, Dalila nem sequer ouve. E nem se lembra mais de eventuais dívidas do passado.

— Lili Manjuba!

Ao chamado de Abelha, Lili dá um passo adiante, distanciada das demais. Displicente, não se interessa em fazer muita pose. Mãos na cintura, saia com aberturas laterais e uma blusinha leve, olha altiva à frente de um exército invisível.

— Você vai ficar com o Matias, deputado e escritor de sucesso. Já ouvi conversa que ele é chegado na coisa. Sabe como é, onde tem fumaça, tem fogo. Se ele for mesmo do sagrado ofício, coloque à disposição essa sua jiboia. Com viagra ou sem viagra, pra mim tanto faz. Tá bem assim, Lili Manjuba?

Maria Grinalda interfere, inesperadamente, com ênfase de naja:

— Venha cá, Lili, você vai usar esse seu nome? Aqui?

— Ué, qual o problema, ô lacraia?

— Nenhum. Eu só acho que esse é um nome de guerra um pouco...

— Qual é, aqui todas têm nome de guerra.

— Mas o seu tá um pouco uó, né? Lili não combina com Manjuba.

— Beeecha, a senhora não me provoque. Tá com inveja? Esse vai ser meu nome até o túmulo.

Abelha interfere e tenta consertar:

— A Grinalda só está assim... levantando uma possibilidade. De repente podia ser um nome artístico, algo que impressione mais, entende? Veja, lá dentro só tem gente da elite, gente fina mesmo.

Lili vai retrucar, contrariada. Maria Grinalda não lhe dá chance:

— Podia se inspirar numa estrela de cinema para seu nome artístico.

Dalila incrementa a hipótese:

— Ou numa grande cantora, mona.

Lili se desarma, subitamente insegura. Não gosta de mostrar, mas tem um fraco por grandes estrelas. E cantoras.

Grinalda insiste, um pouco zombeteira:

— Que tal... Florinda Vulcão! Inspirada naquela brasileira famosa do cinema italiano, uma morenaça assim que nem você. Ficaria a tua cara.

— Sem essa, bicha. Eu não sou morena, eu sou preta. Morena é a Menininha. Mais bem... mulatinha, né?

— Ah, tinha uma outra chamada Berenson. Acho tão chique — sugere Gloriosa. — Lady Berenson. No palco, não cai bem?

— Cansei desse negócio de Lady. Já tem Lady demais por aqui.

— Lili dardeja Gloriosa com precisão.

Pensa um instante. Começa a se encantar:

— Eu até curto Berenson, é chique. Mas... ninguém conhece.

Maria Grinalda tem uma luz:

— Lembra daquele show que a senhora fez uns duzentos anos atrás, mana?

Lili fulmina:

— Duzentos anos teu cu, viado.

— Ai, mona, no cu eu curto tudo. — Grinalda dá um risinho maroto, antes de continuar. — Você dublou a Tina Turner, lembra? Se chamava Tina Tornado. Foi lindo, Lili. Quer dizer, fora aquele tropeção em cena... — Grinalda ri, debochada. — Parecia a negona drogada.

Sem se abalar, Lili pondera:

— Tina Tornado... Podia até ser. Mas eu fiz um show melhor que esse... Quer dizer, no tempo em que eu tinha paciência pra aguentar a gritaria nas boates das mariconas. Acho que foi o melhor show da minha vida. Dublei *Summertime*... Eu era Lili Holiday. Em homenagem a... Vocês sabem quem, né? Porque eu sempre amei essa diva preta divina.

Abelha fica genuinamente surpresa:

— Nossa, Lili, eu não sabia que você curtia a Billie Holiday. Grande cantora, voz sublime. Então, fechamos com esse?

— O.k., beeechas. Vocês que se preparem. Está de volta a Lili Holiday!

Enquanto Lili dá um volteio, com escassa convicção, o grupo a acompanha numa ligeira coreografia coletiva consecratória. Séria, Abelha aguarda que todas se aquietem.

— Em caso de emergência, eu dou um reforço, tá? Posso até ajudar a Dalila, que está sobrecarregada. Ou qualquer uma de vocês, se houver necessidade...

Lili, com ar de intriga:

— Ué, você não ia coordenar o negócio? Por que não manda a Menininha, se precisar de reforço?

— Menininha tá fora. Ela fica comigo.
— Ai, eu sabia. Essa paparicação encruada com a Menininha...
— Vou fazer de conta que não ouvi, Dona Manjuba. Quer dizer... Miss Holiday!

Os rostos voltam-se para Menininha, que acaba de descer do carro, como se só agora tivesse sido chamada. Em meio às monas de peitos grandes e nádegas avantajadas, ela parece deslocada. Em seu rosto se destacam os pômulos torneados e os olhos grandes, mas tristes. Dentro de um vestidinho rendado de cor rosa, em que só as alcinhas revelam menos pudor, Menininha reproduz a figura mais próxima possível de um anjo. Dá alguns passos para entregar a Abelha um elegante chapéu fedora de palhinha e fica ali, calada, estática. Parece estar sempre à espera de uma ordem da madrinha e líder do grupo.

Abelha ajeita na cabeça o chapéu, de aba larga puxada de um lado. Com repentino ar de grande dama, respira fundo para fazer uma última advertência:

— Tá prevista uma festinha depois do show. Vocês sabem, um rolo informal. Assim eles relaxam, depois de tanto trabalho com política. Pra facilitar, vocês já têm seus parceiros. Mas é claro que em matéria de putaria imprevistos acontecem. De repente, eles vão querer mudar para novos arranjos, companhias diferentes. Vocês sabem, homem casado é sempre um mistério... Deixem eles à vontade. A gente depende do gosto do freguês, não é?

Há um clima de expectativa nos rostos, um pulsar de adrenalina extra. Todas sabem da responsabilidade que as aguarda.

— Ah, eu nem precisaria pedir isso, mas... como conheço o viadeiro... — prossegue em tom professoral: — Por favor, beeechas, nada de encher a cara nem o nariz, senão vão estragar tudo. Não se mistura bebida e droga com o trabalho. E outra coisa: sejam carinhosas, dedicadas. É pra pisar nesse chão devagarinho, tá? Aqui quem manda é sempre o cliente. Principalmente você, Gloriosa. Nada de negacear a neca, tá? Não importa se é pequena... — Gloriosa faz pose de chocada, enquanto Abelha prossegue, inclemente: — Você tem, faça bom uso do bichano quando necessário. Se tudo correr bem, isto aqui vai ser uma mina de ouro. Pra todas. Entenderam?

— Quero só ver — sussurra a inconformada Lili.

— Uma última coisa. Espero que as bonecas tenham repassado o show antes de vir pra cá. Gloriosa, você ensaiou bem a Edith Piaf? Isso é sagrado, é a cantora preferida do dr. Otávio. — Enquanto Gloriosa responde com sinal positivo, Abelha disfarça uma tosse súbita, antes de prosseguir: — Não pude aparecer no último ensaio, não passei nada bem a semana toda. Mas confio no bom gosto da Dalila e da Gloriosa, que organizaram o show. Ah, quem trouxe o CD com as músicas?

Dalila aponta para sua bolsa de mão.

Com olhar grave de líder inconteste, Abelha Rainha reexamina o grupo, limpa a garganta, joga para trás a echarpe, ajeita o chapéu e, com genuína majestade imperial, abre um leque japonês como se apresentasse seu cetro. É com ele que comanda:

— O.k., *girls*. Tudo sob controle? Então vamos lá, lindas e foderosas Afrodites da Pauliceia. O mundo nos pertence!

Lili e Grinalda se apressam a pedir proteção, em conjunto:

— Laroiê, Exu, meu pai! Patakori, Ogum!

— Laroiê, Exu! Eparrei, Iansã, minha mãe!

O grupo começa o percurso até o portão de entrada da mansão. À frente, Abelha Rainha leva uma maleta, com a ajuda de Menininha. Além das frasqueiras, as meninas da trupe carregam suas bolsas a tiracolo, sacolas e roupas avulsas nos braços. Ouvem-se latidos de cães. Talvez pela estranheza dos corpos e roupas, seus passos marcados no calçamento de pedra configuram uma procissão de sacralidade dionisíaca, para a qual ficaria perfeita a mesma música de Johann Sebastian Bach tocada no carro. Solene e sensual. Mas também premonitória, como às vezes podem soar os tubos metálicos do órgão que, ao ligarem terra e paraíso, ameaçam atropelar os limites.

Dramatis Personae
(ainda ao som de Bach)

VERA BEE: ou Abelha Rainha. Líder e empresária informal do grupo "Afrodites da Pauliceia". Faz estilo mais drag queen do que propriamente travesti, já que só se monta nos fins de semana ou em circunstâncias especiais, sem usar silicone nem hormônios. Nos peitos, apenas um sutiã acolchoado. Durante a semana, é professor universitário de história da arte (às vezes corrige para semiótica, conforme a ocasião requer). Alta, tem em torno de 1,83 metro, o que lhe dá aparência ainda mais magra. O rosto, pequeno demais para sua estatura, ostenta dureza. Nem bonita nem feia, seu segredo é o charme — um tanto brejeiro, um tanto venenoso — que treinou a vida inteira. Dentre o grupo, é a mais velha ("uns quarenta e poucos..."). As ancas estreitas e peitos modestos não a tornam particularmente atraente para possíveis clientes, nas poucas vezes em que tentou a prostituição — "apenas como passatempo". Quando maquilada, lembra uma *coquete* dos anos 1920, com a boininha típica, que gosta de usar de lado. Como passador de cocaína, maconha e outras drogas, mantém boas relações com clientes endinheirados e uma quadrilha de fornecedores. Adora as divas do cinema americano da década de 1950, em especial Joan Crawford ("a bela dominadora") e Marilyn Monroe ("a bela sedutora"). Nome masculino de batismo, que emprega na vida profissional: Marco Antonio, vulgo Marcão.

LILI MANJUBA: já passou dos trinta anos, talvez mais do que faz crer. Orgulhosa da sua negritude, tem uma beleza dura e nada óbvia. Ostenta boca grande, olhos oblíquos, nariz ligeiramente curvo, pômulos salientes (que ela jura não resultar de silicone). A testa alta se acentua com os cabelos curtos, que ostentam uma longa mecha vermelha do lado direito, sua marca registrada. Apesar dos seios siliconados, tem o corpo menos feminino de todo o grupo, com pernas tortas que não esconde. Ao contrário, gosta de ostentá-las até a altura das coxas firmes, quase musculosas. Daí por que seu traje predileto é uma saia com aberturas laterais. Apesar de almejar a feminização, não pretende ocultar os traços masculinos, mesmo quando montada, maquilada e usando perucão. Suas frescuras e desmunhecações parecem deliberadas, o que acentua a ambiguidade andrógina que acaba sendo seu diferencial estético. Pavio curto e defensiva, não gosta de levar desaforo para casa. Sua arrogância impõe certo ar de majestade, que atrai e ao mesmo tempo assusta, especialmente quando expõe, de propósito, as cicatrizes em seus braços, feitas por ela mesma com estilete afiado, para escapar da polícia ou chantagear clientes maus pagadores. Famosa na praça pelo tamanho do pau (a manjuba), recusa-se a tomar hormônio para não correr o risco de perder a potência viril. É seu ganha-pão e motivo de orgulho.

GLORIOSA DE ORLÉANS: travesti relativamente jovem, de beleza singular. Veste-se de modo apurado. Sua referência feminina é Lady Di. "Meu ideal de mulher. Nobreza e beleza num corpo enxuto, elegante, fino. Nunca haverá outra como ela." Diz não gostar de corpo exagerado, mas não se dá conta de que emite sinais trocados, com seus longos cabelos ruivos (naturais), suas curvas e seu gingado que remetem a Rita Hayworth. Gosta de alardear uma falsa ascendência aristocrática, daí fazer o gênero fina. Diz-se descendente da família real portuguesa, por muitos anos exilada em Goa. Sempre que pode, conta histórias fantásticas de um passado fantasioso. Já pelo raso sotaque lusitano, fica claro que a ascendência nobre é parte da sua mitomania. Mesmo quando desmascarada, insiste na nobreza. Esconde que nasceu dentro de uma família de imigrantes italianos, num bairro popular da cidade de São Paulo, o Brás.

DALILA DARLING: travesti bonita e jovem, pouco mais de vinte anos. Ostenta sempre um amplo sorriso, que deixa à mostra os dentes grandes e bem-feitos. Apesar de crescida no Recife, não esquece sua origem cearense. Gosta de enfatizar, quando quer fustigar as colegas, que seus traços indígenas são únicos: descendem de Iracema, a virgem dos lábios de mel. De fato, tem algo de índia, nos cabelos negros e lábios grossos, sedutores. Mas sua sensualidade desbragada nada tem de virginal. Também não gosta do nome que José de Alencar deu ao seu personagem Iracema, parece-lhe coisa de empregadinha doméstica. Escolheu algo mais bíblico: a mulher poderosa que venceu Sansão. Tem como ícone Carmen Miranda, a quem gosta de dublar em shows. Sempre que possível, inspira-se nela para os gestos, roupas, lantejoulas, penduricalhos e sandálias plataforma com tacão — às vezes usa até mesmo turbantes, que a tornam inconfundível, batendo calçada nas madrugadas da Pauliceia. Sonha pôr os pés na Europa, para poder comprar um apartamento no Brasil. Tenta juntar dinheiro para a passagem. Dentro do grupo, sua beleza exótica compete com Gloriosa.

MARIA GRINALDA: travesti de idade indefinida. Tem vários litros de silicone (industrial) no corpo, desde os pômulos até as nádegas, passando obviamente pelos seios. Tantos recheios e curvas remetem-na ao perfil de uma madona renascentista — mas o começo de varizes nas pernas prejudica a metáfora. Quando maquilada, a beleza dos seus olhos verdes destaca-se no rosto anguloso e o faz resplandecer. Foi rodar pela Europa e voltou endinheirada, mas acabou gastando tudo em roupas e drogas. De uma segunda viagem à Espanha e Itália, voltou com pé de meia suficiente e dessa vez comprou um pequeno apartamento em São Paulo. Corre o boato que entre as amigas do interior seu nome de guerra era Aguinalda Maria (feminização do nome de batismo). Quando se mudou para a metrópole, colegas da calçada o consideraram brega e acabaram por adotar Maria Grinalda. O novo apelido resultaria do seu fascínio em participar de casamentos religiosos, sob pretexto (verdadeiro ou não) de querer se casar. Na verdade, Grinalda pesca clientes que estão nas igrejas com a libido instigada mais pelo evento social do que pela função religiosa. Adora seguranças, especialmente os de banco, de quem não costuma cobrar pelos serviços sexuais prestados. Afinal, diz ela, é uma troca pra lá de justa.

MENININHA: a mais jovem do grupo e a mais misteriosa. É um adolescente de tipo andrógino, cabelo chanel com franja, corpo frágil e sexualidade etérea. Apesar de se travestir em tempo integral e, às vezes, usar diferentes tipos de peruca, não ostenta sinais físicos femininos. Tem um tom de pele azeitonado, que a torna ainda mais esguia. No grupo, exerce diversas funções internas, como secretária da líder Abelha — com talento excepcional para informática e eletrônica. Vive sempre calada e triste, mas a tudo observa com atenção. Às vezes, chora pelos cantos. Circulam histórias contraditórias sobre seus amores infelizes, apesar de tão jovem. Dizem que, vitimada por uma paixão de adolescência, mandou tatuar um nome masculino na parte interna de uma das coxas. Mora com Vera Bee, que a protege e sustenta como a uma filha.

Sequencial 3

A entrada da propriedade abre-se num arco de pedra, onde se lê: SOLAR DAS ROSÁCEAS. Na guarita de vigia junto ao portão de ferro, as Afrodites são recebidas pelo segurança, que interfona para a mansão e aguarda longos instantes. Abelha está um pouco agitada, talvez apreensiva.

— O.k., o.k., d. Odete, entendi. Então espero até o seu Zito prender os cachorros — comenta o segurança, de modo formal que contrasta com seu terno e gravata um tanto desalinhados.

Passado algum tempo de impaciência, o portão se abre. A trupe adentra a imponente alameda de palmeiras-imperiais que segue rumo à mansão, numa composição de linhas elaboradas geometricamente. Há tufos de flores por todo lado, nos canteiros que ladeiam o caminho e mais ao fundo, em meio ao gramado impecável. Destacam-se roseiras floridas de variadas cores, em especial um canteiro só de rosas vermelhas. Os pássaros que cantam no vasto entorno compõem a trilha sonora perfeita. Tudo o mais pareceria dispensável ante a magnificência da visão, que impõe silêncio a quem chega.

As Afrodites pisam no cascalho com cuidado desmesurado, receosas de romper o equilíbrio da beleza. De fato, as meninas não conseguem — ou não precisam — comentar nada. Seus olhares são incapazes de absorver tantos detalhes num só lance. Borboleteiam aqui e ali, acima, abaixo, dos lados, à frente. A curiosidade dispersa a procissão, que vai se despindo da solenidade, tornada puro deslumbramento. Ao final da alameda, ultrapassam dois longos caramanchões laterais de jasmim perfumado, que ocultavam a fachada. Só então o grupo se defronta com a visão completa da mansão. O efeito fulminante se revela na paralisação coletiva, que as deixa boquiabertas. Gloriosa não se contém:

— Meu Deus, tô bege. Me lembra o palacete do rei Balduíno da Bélgica, que visitamos eu, papai e mamãe quando...

Como ninguém presta atenção, interrompe a narrativa do passado fantasista. Diante dos olhos, há uma edificação austera, quase assustadora, de formas arredondadas. As pedras brutas que revestem as paredes poderiam lembrar uma gruta agigantada ou um castelo emasculado de suas torres. A forma circular é ainda mais marcante por se desdobrar em espécies de gomos que a contornam. A falsa ancestralidade fica evidente em alguns trechos em que lascas de pedra caíram, revelando manchas de cimento por debaixo. Seus pretensos traços medievais — a construção não ultrapassa, por certo, setenta anos — tornam-na ainda mais excêntrica. Nos dois gomos frontais, destaca-se de cada lado um vitral em forma de rosácea multicolorida, o que remete à arquitetura eclesial. O conjunto maciço da edificação, encimado por uma cúpula baixa em toda a extensão do telhado, reforça a imagem de uma igreja. Mas alguns latidos de guardiões nada amigáveis, vindos dos fundos, afastam a impressão religiosa e trazem à mente a lembrança de uma fortaleza. A entrada da mansão é precedida por um lance de escada igualmente arredondado, no alto do qual uma senhora, vestida com uniforme e touca azuis, está à espera, diante das portas abertas. Uma a uma, as Afrodites adentram o misterioso mundo — amálgama de igreja, fortaleza, castelo, gruta.

— Não façam barulho, que ainda é cedo.

A governanta caminha à frente do grupo, com passos severos e alguma impaciência, enquanto as travestis a seguem sem pressa, com seus apetrechos. Após cruzar o hall de entrada, magia pura se oferece aos seus olhos acostumados a mocós, hotéis baratos e quitinetes alugadas. Nas duas salas contíguas que as recebem, elas saboreiam os cheiros, sentem a claridade oblíqua irrompendo das janelas e admiram a luz dos grandes vitrais em rosácea que, através das portas de ambos os lados, dardejam raios multicolores. Vão absorvendo como podem os detalhes que inflamam seus olhos por toda parte. Não é o caso de Abelha Rainha, para quem nada parece novidade; ao contrário, seu olhar denota intimidade e certo enfado com o ambiente de ostentação.

Na sala de estar à direita, uma profusão de móveis ainda adormecidos inclui sofás e poltronas verde-musgo, consolos Beranger, marquesas de jacarandá torneadas, mesinhas circulares estilo regência e cadeiras antigas Biedermeier. Na sala de jantar à esquerda, a ampla mesa rococó com tampo de mármore encimada por candelabros de prata e vasos com flores frescas reverbera o prazer que as visitantes sentem de invadir esse ambiente de sonho, suntuoso e singular, que lhes arranca suspiros. Do alto, pendem candelabros de cristal de diferentes dimensões. Um tapete persa antigo na parede, ao lado de outro afegão, em tons vermelhos. Peças exóticas em artesanato indonésio, chinês, tailandês, mexicano e sabe-se lá quantas mais, sobre as bancadas laterais. Coleções de vasos Murano e cristal Bohemia, aqui e ali. Uma galeria de quadros de personagens famosos. Gravuras japonesas clássicas. Fotos antigas em molduras refinadas.

A cada nova surpresa, as Afrodites vão fazendo as melhores caras, bocas e gêneros na tentativa de expressar seu assombro. As surpresas são tantas que não há tempo para culminâncias definitivas. Uma nova revelação supera a anterior. De culminância em culminância, elas desembocam num átrio central a céu aberto, circundado por uma colunata de onde pendem pencas de buganvílias amarelas, brancas e encarnadas que se misturam com samambaias de metro. A luz do sol entra direta e se reflete num espelho d'água que se espraia por toda a extensão do átrio. Segue-se um solário encimado por telhas transparentes. Pelo entorno circula o perfume de café fresco e pão quente, sinal de proximidade da cozinha. Ao fim do corredor, sobre um pedestal, uma imagem barroca da Virgem Maria contempla o mundo, abençoando com piedade estudada. Às Afrodites urbanas, falta-lhes o fôlego nessa manhã.

Na copa, uma mesa farta, com pães e bolos, sucos, iogurtes, café, leite, chocolate quente, queijo e presunto. O apetite das recém-chegadas não impede que tenham os olhos fixos no noticiário matinal transmitido pela televisão.

JORNALISTA: — *O motim começou ontem. Já há quatro detentos mortos. Os presos reclamam de punições exageradas, alimentação ruim e falta de condições higiênicas no presídio.*
As imagens mostram cenas de gente correndo em meio ao fogo e à fumaça de colchões queimados. No terraço, presidiários com camisetas ocultando os rostos atacam com uma barra de ferro um colega caído ao chão. Um deles grita em direção à câmera, pedindo a presença de um juiz.

REPÓRTER: — *Ontem os detentos renderam dois agentes penitenciários. No telhado, outros presos feitos reféns são torturados a céu aberto, como se pode ver. Já deram socos, estocadas, chutes na barriga. Acabam de dar um coice nesse preso, e mais outro. Agora estão ameaçando jogar um deles do alto do telhado. Enquanto isso os policiais disparam balas de borracha para tentar...*

As imagens mostram um helicóptero que sobrevoa o pátio central do presídio em clima de tensão. Dezenas de prisioneiros gritam ameaçadores. A câmera faz zoom sobre alguns corpos no chão, visivelmente ensanguentados. Dalila resmunga enojada:

— Credo, ver isso logo de manhã, ninguém merece...

— É lá na tua terra, franga. Pensei que a senhora já tivesse se acostumado — comenta Grinalda, com acidez.

Afastada a um lado, a cozinheira vigia, entre desconfiada, carrancuda e servil. O noticiário continua. Na TV, apresenta-se agora a imagem do presidente Lula sorridente, ao anunciar o início da exploração petrolífera do pré-sal. Mostra as mãos manchadas de petróleo, cercado por um grupo de ministros e diretores da Petrobras, todos de sorriso farto e capacete na cabeça.

JORNALISTA: — *O presidente Luiz Inácio Lula da Silva mostrou-se bem-humorado. Brincou com a plateia, composta por quase mil convidados, entre especialistas do setor de petróleo, técnicos e representantes da indústria petrolífera mundial.* [ENTRA IMAGEM DO PRESIDENTE LULA DISCURSANDO] *Gente, é preciso acabar com o complexo de vira-lata dos brasileiros. Vejam só, eu estou aqui falando da nova era que tem início hoje, falando de uma transcendência incomensurável.* [PARA UM INSTANTE] *Vocês estão acreditando que estou dizendo isso? Nem eu estou crendo em mim mesmo. Agora há pouco falei "concomitantemente", daqui a pouco vou falar "en passant" e ainda nem usei o "sine qua non". Para quem tomou posse falando "menas laranja", tá bom demais, né?*

O presidente arranca gargalhadas da plateia, e as Afrodites riem fartamente.

— Adoro o presidente Lula!
— Com ele, ninguém pode!
— Eu acho ele uó. Gosta mesmo de aparecer.
— Acho ele um charme só!
— Ai, credo, barbudo assim? E ainda falta um dedo...
— Faz parte do charme, mona.

Enquanto o café da manhã prossegue com noticiário e comentários, entra o dr. Otávio, dono da casa. Em trajes informais e visivelmente sonado, apesar de tudo irradia uma simpatia profissional. Seu belo rosto iluminado por olhos azuis já ostenta uma papada de cinquentão. O corpo ainda rijo não esconde uma barriga invasiva ao seu perfil. As frequentes aparições em colunas sociais mencionam seu passado de esportista contumaz, do qual restou apenas o gosto pelo hipismo.

Otávio faz sinal para a empregada se retirar.

— Mas que surpresa, logo de manhã! — Seu sorriso esmorece, ao se dirigir a Abelha: — A gente não tinha combinado pra antes do almoço, Marcão?

Abelha, que já se levantara e limpava os lábios, contrai-se. Aquele nome, ali, naquelas circunstâncias, soa como um palavrão. Ela tem um átimo de irritação. As monas mal contêm o riso.

— Por favor, Tavinho. É Vera Bee. Bee, de Abelha. Se preferir algo mais íntimo, pode ser Abelha Rainha. — Improvisa o melhor sorriso convincente: — O Marcão ficou em São Paulo, meu bem. Ele é careta demais, você sabe.

Só então Otávio cumprimenta Abelha com um beijo no rosto, em surpreendente familiaridade.

— Desculpe, eu sempre esqueço, meu anjo. Mas é que você tá praticamente me tirando da cama. A gente tinha combinado antes do almoço.

— E agora não é antes do almoço? — Abelha ri, ao se explicar: — Sabe o que é, Tavinho, eu preferi mesmo vir mais cedo. Imagina essa turma indo pra casa depois de batalhar a noite inteira. Só iam acordar às seis da tarde. Não é, meninas? Espero não estar sendo inconveniente, querido...

Otávio sorri condescendente, o que ilumina seu rosto por segundos. Adivinha-se matreirice em suas rápidas mudanças de expressão. Já a partir do andar garboso, à primeira vista tudo nele é sedução, do que denota ter plena consciência. Mas quem já o conhece — como Abelha Rainha — tem a sensação incômoda de que Otávio está sempre tentando manipular, o que provoca a suspeita de ser um péssimo ator. Excepcionalmente, não consegue dissimular certa ansiedade, enquanto olha para as visitas:

— Então essa é a turminha de elite? Bom dia, pessoal.

As travestis balbuciam uma resposta, visivelmente encantadas.

— Ah, deixa eu apresentar. Este aqui é o dr. Otávio Mansur, dono da casa, o *host*, o *boss*.

Otávio tem uma súbita retração, irritado:

— Peraí, Abelha. Vamos manter o combinado: dr. Otávio. Ponto. Aliás, eu nem gosto desse nome de turco que você mencionou, meu sobrenome legítimo é outro. Então aqui não tem árvore genealógica, antepassados, nome da família. Não vem ao caso, tá?

Abelha engole em seco e balbucia um pedido de desculpa. Mas não perde o estilo, com um risinho de criança marota.

Otávio examina mais detidamente as meninas. Seu olhar encontra Lili. Com ar de desaprovação, puxa Abelha para longe do grupo:

— Pô, Vera, pelo preço combinado, você não devia trazer baranga pra cá. Na reunião de hoje tem uns caras aqui, você sabe, moralistas... Preciso adoçar o bico deles. Vão se assustar mais ainda, vendo um... um preto, assim... sem charme. Me desculpem as feias, mas beleza é essencial, cara. — Olha de relance. — As outras garotas, sim, estão aprovadas... pelo menos é o que espero.

— Ué, querido, até parece que você não reconhece a Lili. Lili Manjuba, nossa velha conhecida.

— Claro que reconheço. Mas não falo por mim, falo pela turma da reunião...

Abelha o interrompe, com o texto na ponta da língua:

— Eu sei o que faço, meu bem. Ou não está confiando mais no meu taco? As meninas foram escolhidas a dedo, inclusive a Lili. Ela não é nenhuma Gisele Bündchen, concordo. Mas você sabe muito bem que ela tem um segredo irresistível: vinte e um centímetros. No mínimo, concorda? De todas, é a que mantém clientela mais constante, e não é por causa da formosura. — Bem-humorada, alfineta: — Acho que seus amigos não vão resistir. Afinal, quem vê cara não vê o recheio. É a melhor parte do bolo... A surpresa pra quem chegar lá. Vai por mim, Tavinho. — Baixa a voz, próxima ao rosto dele: — Cá entre nós, nem você resistiu à grandeza da Lili.

Abelha emite um risinho espremido entre a brejeirice e a acidez. Tentando esconder algum constrangimento, Otávio desvia o olhar e examina de novo o grupo. Detém-se por segundos em Lili Manjuba e acaba por lhe sorrir discretamente. Convencido pelos argumentos, levanta as sobrancelhas em sinal de sutil satisfação:

— O.k., vale a pena fazer o teste. — Muda de tom, ao fitar Menininha: — Linda essa novinha, né?

— Não é uma graça de garota? É minha mascote, meu braço direito. — Abelha muda de tom, imperiosa: — Ela tá fora do páreo. — Antes que ouça um protesto, cochicha ao ouvido do empresário: — Mas se alguém se interessar, podemos negociar.

Otávio pigarreia, animado, mas fingindo novo constrangimento, para não entregar o jogo. Dirige-se a Abelha, igualmente ao pé do ouvido:

— Tudo gente fina, não é?

— Finésima, Tavinho! Você acha que eu ia te decepcionar?

— Como te disse, tem uns dois caras aí na minha turma um pouco... sabe como é, caretões. Precisam começar em marcha lenta. Então suas meninas têm que caprichar no jeitinho. Dá um toque pra elas, tá?

— Pode ficar tranquilo, Tavinho. Disso elas entendem bem.

— Outra coisa. Nós ainda temos a manhã inteira pra fechar as conclusões da comissão. É a última reunião. Talvez atrase um pouco. Guenta mão aí. Depois do almoço, uma pausa, e então tudo bem: é só relaxar e gozar. Pra esquentar, escolhi na internet uns filminhos da melhor qualidade. À noite, o show. Depois, *entertainment* pra todo mundo, que ninguém é de ferro. — Otávio pisca para Abelha e emenda: — Agora suas garotas podem aproveitar pra descansar.

— Isso seria fantástico, Tavinho. Obrigada.

— A governanta vai mostrar a sala reservada pra elas. Ah, preparei pra você aquela mesma suíte, atendendo ao seu pedido. — Vai saindo, para, volta-se: — Mas posso ficar tranquilo mesmo? Com a sua turma...

— Ô, dr. Otávio, quando é que eu te decepcionei?

O empresário baixa a voz, quase sussurrando:

— Ah... e as coisas? Você trouxe, né?

— E eu lá ia me esquecer do principal?

Os olhos dele faíscam:

— É do bom?

Abelha, muito senhora do seu negócio, põe as mãos na cintura:

— Tira só uma linha, dr. Otávio, tira! Tô esperta assim por quê? A qualidade do produto! O melhor pó da praça. É a fonte da eterna juventude, meu bem. Rejuvenesce até a mãe do Matusalém.

— Então, vem cá, me passa uns tecos aí, de adiantamento, que estou numa secura só.

Abelha vira-se de costas para a mesa. Tira da bolsa um punhado de pinos de cocaína e lhe passa discretamente. Otávio guarda no bolso da calça, abre um sorriso de satisfação e sai pela porta da copa.

Sedentas de novidade, as meninas encaram a fada madrinha. Abelha suspira com ar de vitória e um sorrisinho de felicidade na ponta do nariz aprumado. Maldosa, faz suspense. Grinalda não resiste:

— Tudo em cima, viado?

— Encimérrimo, bicha.

Como se cobrasse uma dívida, Abelha olha para Lili, com certo ressentimento teatral, enquanto fala supostamente para o grupo todo:

— Só espero que as senhoras não aprontem nenhuma, tá? Isto é uma festa séria. Bom comportamento é marca registrada de gente civilizada. Sacanagem é lá nas bocas onde vocês atendem. Ouviram? Aqui eu quero ci-vi-li-za-ção.

Ao terminar a palavra escandida, Abelha emite um risinho estranho e maroto, na contramão do rigor demonstrado. Bem ao seu estilo, morde e, em seguida, assopra, com um blefe. Lili não se faz esperar, sem deixar de mastigar um sanduíche:

— Civilização é boa quando tem grana, meu bem. Senão, tô me lixando! Tanto faz as calçadas da Rego Freitas ou os calçadões do Jockey Club.

Abelha aceita a réplica:

— A grana eu garanto, viado. Vocês sabem que eu costumo fazer negócio direito, que é pra não perder nem o cliente nem vocês, batalhadoras. Mas quero jogo limpo, tá? Senão, secou a fonte. — Fixa os olhos no alvo, alçando a voz, entre zombeteira e autoritária: — Ouviu bem, Li-li Ho-li-day?

Lili quase engasga com um pedaço do sanduíche, mas se refaz:

— Ouvi sim, professora.

Subitamente, Abelha se dá conta:

— Cadê a Menininha?

O lugar ocupado por ela na mesa está vago. Pegas de surpresa, as travestis olham para todos os lados. Nem sinal.

— Gente, a Menininha deu um perdido.

A empregada, que vem entrando, olha casualmente para o quintal, através da porta de tela. De tão ardido, seu grito assusta as demais:

— Pelo amor de Deus! Se afasta daí, menina.

Sai correndo em direção à cena inverossímil, que as monas aos trambolhões juntam-se à porta para ver.

No grande gramado dos fundos da mansão, Menininha passa ao largo da piscina, em direção ao canil onde dois cães rottweiler estão acorrentados a uma árvore que antecede o pomar. Seu olhar não denota nada além de encantamento. Os bichos rosnam grosso e mostram os dentes, perigosamente de prontidão.

A empregada, terror estampado no rosto, continua a gritar enquanto corre para o quintal:

— Cuidado que eles são perigosos.

Menininha parece não ouvir, já próxima dos rottweilers.

A empregada se detém a poucos metros de distância. Sua voz titubeia:

— Cosme! Damião! Quietos, fiquem quietos, pelo amor de Deus!

Menininha para na frente dos cães, abaixa-se de cócoras ao lado das suas casinhas e os afaga, como a dois anjos negros. Cosme e Damião mostram-se dóceis. Um deles lambe as mãos da garota.

Os rostos das travestis e da empregada expressam perplexidade ante a cena inusitada.

A mulher resmunga, inconformada:

— Mas eles já mataram até jaguatirica...

Abelha suspira e cambaleia, fugindo porta adentro, para dissimular seu susto.

Sequencial 4

A governanta abre uma porta, e as Afrodites se deparam com um salão amplo, de paredes curvas. Cortinas transparentes esvoaçam nas janelas, que se abrem para uma varanda e filtram a luz da manhã. Senhora do seu ofício, a empregada passa e puxa as cortinas para os lados, dourando o ambiente com uma pátina de sol não menos do que mágica ao primeiro olhar. Um tanto reticentes, pelo compreensível deslumbramento, as Afrodites adentram com cuidado aquele mundo de realidade paralela e vão descarregando seus apetrechos. Em todo o entorno, há sofás, divãs, espreguiçadeiras, poltronas reclináveis e até um canapé antigo, de espaldar entalhado em volutas e folhagens. Tudo almeja elegância e conforto, inclusive as cores neutras nos tecidos, em contraste com a luz ardida que irrompe através das janelas. Nas paredes, pequenos quadros floridos. No centro, ao fundo, repousa uma *chaise longue* maior do que uma cama *king size*, sobre a qual se espalha uma profusão de almofadas de variados tamanhos e cores. Do lado oposto, uma TV tela plana de grande dimensão domina o ambiente, embutida numa estante de madeira clara, com porta-retratos e vasos coloridos que se alternam nas prateleiras. No teto, nota-se um telão recolhido, para *home theater*. Abaixo da TV, aparelhos de som e DVD. No chão e nas paredes, caixas de som de vários tamanhos se espalham por todo o ambiente. No assoalho, junta-se uma combinação de tapetes antigos e modernos, impondo um tom de caos refinado.

 A governanta se retira sem uma palavra. Logo que encosta a porta atrás de si, as meninas se soltam.

 — Beeeechas!!! Que coisa mais chique! — É Dalila, contendo um gritinho.

 Seu encantamento soa como palavra de ordem para o teatro tornar-se tão mais real à medida que é traduzido em exclamatórias sucessivas.

— Gentem, parece um sonho!
— Um cenário de cinema!
— Nunca pensei que ia ver uma coisa dessa...
E Dalila:
— Nossa, tô bege! Olha só o tamanho dessa TV. Um dia ainda vou ter uma igual!
Tentando disfarçar o encantamento, Lili não se dá por vencida:
— Ih, que nada. Já fodi em apartamento dez vezes mais fino que isso!
E Maria Grinalda, saracoteando pretensiosa mas fiel ao seu santo casamenteiro:
— Quando eu achar um marido rico, que santo Antônio me atenda, hei de ter uma sala igualzinha.
As Afrodites rodam saltitantes feito borboletas, passando a mão aqui, relando ali. Emocionadas, Dalila e Grinalda desabam sobre os sofás. Gloriosa de Orléans se senta na *chaise longue*, abre espaço em meio às almofadas e confessa, para todo mundo ouvir:
— Eu sempre quis foder numa cama de princesa. Me lembra os tempos do rei Constantino da Grécia...
Maria Grinalda interrompe e escracha:
— Mana, a europeia aqui sou eu. Você é só uma penopeia, viu?
Lili emenda com rigor de naja:
— A penosa tá se achando, de novo!
Imune à zombaria, Gloriosa esparrama seus cabelos ruivos sobre um almofadão e abre a torneira das fantasias aristocráticas dos Orléans:
— Você pode não acreditar, moni. Mas lá em Goa nossa casa tinha uma *chaise longue* parecida com esta... Um pouco mais... chique, é claro. Isso era antes da perseguição horrível que sofremos... — Suspira, teatralmente. — Quando papai chegava, era eu quem lhe tirava as botas. Ah, eu amava aquele cheiro de cavalo que vinha do seu uniforme militar. Nossa, eu quase tinha um orgasmo! Orgasmo infantil, entende? Assim, de revirar os olhinhos e ficar abobada como se o tempo não existisse, já bem bichinha, graças a Deus. — Duplica o suspiro. — Ai, que saudade! Nunca mais tive o prazer de sentir esse perfume, nunca nenhum cliente, muito menos namorado...

Gloriosa se perde em seus devaneios. E quem mais se importa com o que é dito agora ou como prosseguirá depois? Tirados os sapatos, desabotoados os vestidos, frasqueiras e malas largadas pelos cantos, cada uma das Afrodites, a seu modo, entrega-se ao presente e saboreia o prazer de ser rica, famosa, refinada. Se possível, com foto na capa da revista *Caras*.

Em sua suíte, Abelha não tem tempo para sonhar. Perambula às tontas, em busca de algum socorro. Gemendo e suando, apressa-se até o banheiro. Sempre atenta, Menininha vai atrás e a encontra caída. Abelha mal tem tempo de se agarrar ao vaso da privada, onde vomita copiosamente. Menininha a ajuda a se levantar. Lívida, resfolegante, gemebunda, Abelha lava o rosto na pia. Menininha busca um roupão, veste-a e leva-a até um sofá. Apanha uma toalha e enxuga seu rosto. Com um copo de água, oferece-lhe um coquetel de comprimidos. Subitamente irritada, Abelha ameaça jogar a medicação para longe:

— Tira essa merda pra lá, menina. Você vai insistir até quando? Faz meses que eu te digo: isso não resolve nada. É pior que veneno. Me dá caganeira, me faz vomitar, me dá tontura. Tá me deixando louca. Chega!

Menininha nada comenta, parada ao lado, sem susto, não é a primeira vez. Mas insiste em oferecer os remédios. Seus olhos melancólicos parecem suplicar. Abelha sofre ao vê-la tão desvanecida em seu silêncio:

— Deixa esse vírus cumprir a função dele, menina. Ele faz, eu obedeço.

À procura de algum consolo, Abelha encara a garota, com repentina ternura:

— Vai pegar mais um pino pra mim, meu bem. Traz um cheinho de pó até a tampa.

Sequencial 5

Na sala de reuniões da ala esquerda da mansão, a luz cristalina da manhã atravessa a transparência das cortinas e se mistura aos raios irisados que, a partir do grande vitral em forma de rosácea, invadem todo o recinto. Sobre a mesa ampla, papéis espalhados e alguns notebooks junto a celulares. Ao redor, várias cadeiras. Ao fundo, estantes com livros. Cinco homens, quase todos de meia-idade, estão tomando seus lugares. Alguns fumam. Vestem-se de maneira fina, mas informal. Ali todos trabalham por um objetivo único: fundar o novo PNL, Partido Nacional Liberal. Estão diante da tarefa hercúlea de criar uma agremiação que sabe o que quer e aonde chegar. Para o bem-estar e a salvação do país. Fica claro que se trata de gente acostumada a vencer.

Otávio, o sexto homem, acaba de entrar. Seu charme senhorial ostenta as origens em berço de ouro. Da família, herdou negócios na exploração e lapidação de pedras preciosas. Como na partição de herança o irmão e a irmã não se interessaram em assumir as empresas familiares, ele decidiu levar adiante a empreitada que parecia perdida. Ganhou prestígio, enriqueceu. À boca pequena, diz-se que teria somado seu fino faro empresarial a um oportunismo nem sempre recomendável, de modo a multiplicar seus lucros e ampliar para outros negócios, em várias áreas. Otávio está sorridente, como sempre.

— Bom dia, pessoal! Vocês dormiram bem?

Em resposta, há um bom-dia geral.

— Todo mundo já tomou café da manhã? — Otávio dá um tapinha amigável nas costas de quem vai encontrando. — E aí, aprovaram o nosso queijo fresco de búfala?

O dr. Hermes, que toma um cafezinho junto à mesa, cumprimenta-o com sorriso bem-humorado. Trata-se do mais velho do grupo. De barriga pronunciada, exibe uma papada de monsenhor. Tinge o cabelo de acaju para disfarçar a idade, em vão. Político sexagenário, já foi senador, ministro da Agricultura e hoje se dedica aos seus latifúndios no Centro-Oeste, entre Mato Grosso e Tocantins, onde planta soja e milho. À frente de várias organizações de empresários, tornou-se líder de projeção nacional no agronegócio.

O único já sentado à mesa, diante da tela de um notebook, é o jornalista e comentarista político José Carlos. Uma pronunciada barbicha em torno do queixo acresce estranheza à sua figura, cuja barriga, mesmo disfarçada por camisas soltas, destoa do rosto de pequeno sátiro. Homem de meia-idade, transpira uma efervescência juvenil, talvez por seu sorriso fácil e algo galhofeiro. Essa característica, que pode suscitar certa desconfiança sobre sua seriedade, em outras situações o favorece como pessoa confiável, por sua jovialidade indiscriminada. Foi assim, com certeza, que conseguiu fazer amizades nos mais diferentes setores e em grupos diametralmente opostos.

Junto a uma das janelas, entretido em uma conversa ao celular, posta-se o mais jovem do grupo, o empresário Leonilson. Expoente no setor sucroenergético, começou como pequeno industrial e teve uma ascensão fulminante na esteira da produção de etanol em larga escala, no Brasil. Não consegue esconder um agudo narcisismo, que se estampa no sorriso de soslaio e, sobretudo, na pose mal interpretada de galã. Parece o tempo todo preocupado em esconder a verdadeira face. Apesar da segurança em suas atitudes, dissimula mal um sentimento de fragilidade, talvez por receio de voltar às suas origens pobres e por lapsos obscuros em seu passado.

No fundo da sala, também ao celular, encontra-se o escritor e deputado federal Matias. Corpo em forma, pelos exercícios físicos constantes, é um sujeito controlado e arrogante. Seus olhos, de frieza calculista, não mentem. Faz questão de manter um ar intelectual respeitável, ainda que moderno, corroborado pelos óculos pequenos de grife famosa, marca registrada da sua importância. No passado, teve longa militância trotskista, que depois renegou, levando-o a exercer ásperas críticas à esquerda. Projetou-se nacional e internacionalmente como autor de best-sellers sobre história brasileira para consumo do grande público, com pretensão a revelar episódios polêmicos de figuras consagradas. Usou esse prestígio para eleger-se com votação significativa. Está em seu primeiro mandato.

O último a entrar é Clorisvaldo de Jesus, pastor evangélico e deputado federal em segundo mandato. Com seu porte enrijecido e ausência de senso de humor, pretende transmitir um ar ilibado. No grupo, é certamente o tipo mais bizarro, pelas incongruências de sua constituição física. Costuma pentear os cabelos para trás, alisados pelo uso de chapinha e assim mantidos através de gel fixador, em contraste com seu rosto bexiguento. A disparidade maior se impõe em seus passos curtos e apressados, ao mesmo tempo que parece refreá-los, mantendo o corpo ligeiramente para trás. Isso o leva a andar aos soquinhos. Figura influente na bancada da Bíblia, ostenta com orgulho uma visão de mundo binária, julgando assim agregar correligionários e afastar oportunistas.

Enquanto os demais se aproximam e se ajeitam em suas cadeiras junto à mesa, o anfitrião Otávio comunica:

— Antes que vocês reclamem de novo, o nosso convidado especial não desistiu de vir. Apenas atrasou. Deve chegar a qualquer momento, tá?

— Não dá pra ligar no celular do cara? Ou algo assim?... — diz o empresário Leonilson, cuja impaciência juvenil evidencia os traços de certa beleza do passado, talvez esmaecida por excesso de autoindulgência.

— Não, infelizmente não. Ele não tem celular. Não gosta dessas coisas. Mas não é nenhuma toupeira, pelo contrário.

Há sinais de mal-estar.

— Vocês deviam ter consultado todo o grupo antes de fazer o convite a ele — insiste o deputado Matias, sem disfarçar a arrogância por trás de uma aparente informalidade.

Impaciente, Otávio engole em seco, controlando-se:

— Já disse e repito. Eu e o dr. Hermes o convidamos, mas só pra ele comparecer como ouvinte, sem nenhum compromisso. De repente, ele pode ser uma excelente aquisição para o partido. É um cara íntegro. Não tem medo de dizer o que pensa. Não é mesmo, dr. Hermes?

O ex-senador balança a papada e assente, num gesto de silêncio determinado. Como nunca se viu um diploma que lhe outorgasse a regalia, o título de doutor parece ser apenas uma deferência honorífica à sua fortuna.

Por entre os bocejos esparsos ao redor da mesa, Matias resmunga e se cala, com algum ceticismo. Seus óculos de armação transparente replicam a leveza do traje claro, fazendo jus à fama de ter uma centena deles, para combinar com diferentes tipos de roupa e ocasião.

Depois de puxar papéis de uma pasta, Otávio abre os trabalhos:

— Vamos ver se a gente liquida a pauta nesta última reunião, pessoal? O próximo ponto é definir as coligações no Congresso. — Olha rapidamente ao redor. — Batemos o martelo quanto a integrar a base governista?

— Claro. Eu até acho esse encaminhamento no Congresso mais importante do que discutir aquelas questões jurídicas do TSE — afirma José Carlos, com um sorriso de assentimento e simpatia.

O jornalista olha para os lados, buscando a cumplicidade dos demais. Seu jeito de "gente boa" conseguiu aproximá-lo de pessoas influentes como o anfitrião Otávio. Mas o oportunismo também se evidencia por detrás dessa marca da sua personalidade.

O velho Hermes, raposa velha da política, pondera:

— Pra negociar as migrações de outros partidos, antes tem que ver a questão da janela partidária.

— Com certeza, Hermes, mas a gente precisa ir por partes, montar um bom lobby pra encaminhar a aprovação — insiste José Carlos.

Não é o que pensa Matias, o escritor deputado:

— Peraí, como é que a gente vai encaminhar a aprovação do partido se não finalizamos o principal, quer dizer, o programa partidário?

— Nós já discutimos bastante esse negócio, Matias. Os estatutos são um primeiro passo, só falta uma minuta, que o Hermes vai providenciar. Ele é a melhor pessoa pra isso. Outros detalhes técnicos a gente discute com o advogado, ele tira de letra — diz Leonilson, com impaciência algo juvenil.

— Mas o programa é prioritário. Não esqueça que os tempos são outros, é diferente da época do Hermes. Você vai chegar lá no Congresso vendendo o quê? Banana? — enfatiza Matias.

Contendo a impaciência, Otávio retruca como se tivesse tudo na ponta da língua:

— A gente quer um partido baseado no respeito à propriedade privada, livre mercado, livre-iniciativa...

Ao que José Carlos aparteia marcando cada palavra, num tom assertivo de quem está falando com seus leitores:

— ... sem esquecer a responsabilidade fiscal, redução do papel do Estado, corte de impostos... São fundamentos óbvios, minha gente.

E Leonilson, corroborando:

— Exatamente, essa é a base e disso ninguém duvida! Agora a gente tem que discutir mais as questões práticas, de inserção. O Brasil precisa da nossa...

Matias interrompe sem se convencer:

— Que nós queremos ajudar o Brasil, ninguém duvida, Leonilson. Mas como? Vamos fazer aliança com esse governo em que bases? Estou falando de ideias, de questões de princípios.

No ar, alguma perplexidade, ante sua resiliência. Matias, convicto, reinveste:

— Ou vocês vão querer que a gente acabe adotando a pauta dessa esquerda oportunista que está no poder?

Leonilson, protestando:

— Claro que não, Matias! Mas aí é mais uma questão de estratégia do que de princípios, concorda?

E Matias, os óculos de grife equilibrando-se em sua cátedra:

— Pelo contrário! Princípios vêm no princípio...

E o anfitrião Otávio, inconformado:

— Política é política, Matias. Não é só questão de programa. Em política, você tem que levar a coisa na maciota, esperando o momento de mudar o ritmo. Se a música é de esquerda, na hora H a dança vai ser de direita. Somando e dividindo, o resultado é o centrão.

José Carlos, inflamado comentarista político, assevera:

— É isso... É isso o que importa: estar no centro, pra não perder nenhuma chance e garantir o bom senso. Não tem outra saída. É melhor compor a base aliada do governo petista e aproveitar a maré boa. Só precisa manter a guarda pra não ser engolido por eles.

— Não esqueça que tem outros partidos pequenos na mesma situação que a gente — Leonilson reitera, minimizando. — Olha aí o pastor Clorisvaldo... Um partido religioso aliado ao governo de esquerda. Vocês se dão por satisfeitos, não é, pastor?

Clorisvaldo, com ar enlevado e palavras pastorais, força a ponderação nas reticências, para mostrar que não é um pobre de espírito:

— Quer dizer, satisfeitos mas... com ressalvas... porque a queda de braço... é constante. Eles fazem qualquer negócio... para se manter no controle... como bem diz você.

No salão de cinema, a luz da manhã arrefeceu. Faz-se bonança entre as Afrodites, ainda exaustas da noitada de trabalho batendo calçada. Na *chaise longue*, Gloriosa esparrama-se por todo o espaço, mergulhada em profundos sonhos de realeza. Lili cochila num sofá, agarrada a uma almofada de crochê — quase em pose de criança, não fossem os vincos na testa, sua forma peculiar de paz. Ao fundo, próximo à TV ligada, Maria Grinalda e Dalila Darling deitam-se sobre os tapetes do chão, as pernas esticadas e apoiadas na parede. Cochicham, involuntariamente, para não perturbar o ambiente:

— Não tem nada melhor pra evitar varizes nas pernas, becha.

— Varizes! Deus me livre, mona. Meu edi pode ficar arregaçado, que uma boa pomada sempre conserta, né? Agora, as pernas... Imagine o vexame. Ir pra pista com as pernas feito couve-flor.

— Ai, bate nessa boca, franga. Chega a me dar gastura só de pensar.

Dalila aumenta o som da TV. O âncora do noticiário comenta:

... De fato, isso mostra como o Brasil está atravessando bem a crise internacional iniciada em 2008, ao contrário dos Estados Unidos e da Europa. A escolha do Brasil para sede da Copa do Mundo de 2014 já era uma prova de que vivemos um momento de grande prestígio internacional.

— Nossa, parece que dessa vez o Brasil entrou nos eixos — comenta Grinalda.

Agora vem a notícia ainda melhor. O Brasil ficou entre os quatro países finalistas. Portanto, é grande a possibilidade de que o Rio de Janeiro seja escolhido para sede das Olimpíadas de 2016.

Dalila e Maria Grinalda já não prestam muita atenção.

— Ai, frango, eu morro de vontade de pôr o pé na Europa. Tu que é europeia, conta pra mim que sou uma penopeia do sertão...

— Ah, foi tudo muito lindo, enquanto durou. Lá os homens são cavalheiros de verdade.

— Me contaram que até homem casado deixa a mulher, de tanto que gosta do babado...

— É, com certeza. Mas não está funcionando mais, mona. Do jeito que a crise bateu por lá... Paris já era, com tanta concorrência. Na Espanha só se fala em desemprego. Até Roma, que era eterna pras bichas, não está mais pra peixe...

— Ai, queria tanto comprar meu cuá, pra não pagar mais aluguel. Seria bom demais fazer meu pé de meia em euro.

— Olha, minhas amigas estão voltando de lá às pencas. Tem bicha que até já rodou por Dubai, sabia? Muita grana, mas um lugar perigoso. Com as leis de lá, pode pegar cadeia braba, e não sai mais.

— Oxe, então nem por sonho!

— Ai, maninha, esquece mesmo. Agora que o Brasil decolou, a mina de ouro está aqui, e não lá fora.

Sequencial 6

Em meio ao vapor que toma conta do ambiente, Abelha descansa dentro da banheira de hidromassagem, enquanto Menininha abre mais a torneira e asperge creme espumante na água. A espuma é farta, a fragrância sugere aconchego, a imersão na água quente tem propriedades de cura uterina. A tempestade parece ter passado, provisoriamente. Era tudo o que ela precisava para se sentir uma Rainha.

Menininha esfrega a esponja nas costas e nos ombros de Abelha, com paciência e dedicação.

— Ah, minha Menininha. O que seria de mim sem você, meu bem?

A IDADE DE OURO DO BRASIL, lê-se no cabeçalho do blog.

No quarto ocupado por Abelha, a tela do notebook, aberto sobre uma mesa. Logo a seguir, vê-se o subtítulo "Blog de Carlota II, a Sábia — vulgo Abelha Rainha". No alto da página, a caricatura de uma abelha com manto, cetro e coroa, dançando. E o texto introdutório, com o brasão real estilizado, em fundo claro.

Este blog é filho do Espírito do Tempo. Seu nome se inspira num jornal publicado na Bahia, de 1811 a 1823, chamado *A Idade d'Ouro do Brazil*, logo após a transferência da família real portuguesa à colônia ultramarina. A vinda ao Brasil do príncipe regente d. João cumpria o velho sonho messiânico do Padre Antônio Vieira de criar o Quinto Império. Pouco depois o príncipe foi coroado como d. João VI, monarca do Reino Unido de Portugal, Brasil e Algarves. Com a chegada de material tipográfico nos navios da corte, permitiu-se o surgimento dos primeiros jornais impressos na antiga colônia, algo proibido até então.

As mãos de Menininha digitam, a partir de um bloco de papel escrito.

A Idade d'Ouro do Brazil foi o primeiro jornal impresso fora do Rio de Janeiro, já então capital. Seu nome celebrava o início de uma era de prosperidade no Brasil, ao se tornar a nova sede da corte lusa.

Menininha acaba de digitar. Abelha espia por cima dos ombros da garota.
— Melhor substituir *corte* por *monarquia*. E depois acrescenta este trecho aqui, meu bem.
Passa-lhe um bilhete manuscrito, que vai sendo digitado...

ao se tornar a nova sede da monarquia lusa. O jornal explicava textualmente, em suas páginas: "Pode-se dizer que esta é a Idade de Ouro do Brasil, bem merecida aplicação de um nome tão especioso". E comparava, na Roma Antiga, o "dourado século de Augusto com a presente Idade do Brasil". (Menininha continua, ágil nas teclas.) Fazia eco às palavras de um cronista da época: "Uma nova ordem de coisas ia a principiar nesta parte do hemisfério austral. O império do Brasil já se considerava projetado, como primeira pedra da futura grandeza, prosperidade e poder de novo império".

Abelha interrompe:
— Acho que está faltando uma coisa mais contundente, sabe? Põe assim: A imprensa livre no Brasil — Menininha ouve e digita — representava o governo da metrópole — dedos ágeis de Menininha —, em tudo contrário à independência do país. Nossa liberdade já começava com uma contradição mascarada. Salvamos o destino de Portugal e desgraçamos o nosso. O Brasil implantava aí sua condição de faz de conta. Ponto.

Na sala de reuniões o clima para fundação do novo partido parece mais tenso, talvez pelo natural cansaço dos arquitetos da nação. A luz cristalina da manhã tornou-se mais seca, direta e ardida.

O celular do jornalista José Carlos toca. Ele se afasta da mesa. Ainda assim, sua voz reverbera no local, discutindo com alguém.

Ansioso, o empresário Leonilson está se contrapondo às objeções catedráticas de Matias, mas interrompe:

— Ô Zeca, vai falar lá na janela, ou maneira no tom.

Pequena pausa. José Carlos se dirige a uma janela mais distante. Na condição de usineiro bem-sucedido, Leonilson volta à carga posando de senhor da situação:

— Eu queria lembrar uma coisa ao Matias, de uma vez por todas. Você tá no Brasil, cara. Nosso partido precisa de um programa que permita flexibilidade. Sem perder os princípios básicos, é lógico. Mas o mais importante são as propostas práticas, que vão surgindo ao sabor das negociações. Você que tá no olho do furacão lá no Congresso sabe como funciona. Precisa negociar todo santo dia.

Dr. Hermes, o ex-senador, em geral mais contido, intervém com energia incomum. Levanta o moral, apazigua:

— Eu concordo em gênero, número e grau que a gente precisa de medidas práticas. — Dono de um longo passado sem mácula, Hermes manifesta a convicção de certa verdade histórica que caberia a Matias, mas é ele, o latifundiário bem-sucedido, quem agora revela:

— No Brasil as coisas só funcionam invertendo o lema da bandeira. Primeiro o progresso, depois a ordem. Não adianta, foi assim que eu comecei do nada, foi assim que neste país todo mundo começou, desde Pedro Álvares Cabral. Ele primeiro ancorou a caravela, depois decidiu o que ia fazer.

Leonilson apanha a bola e repica:

— É isso aí, tem um bocado de questão prática que nós vamos levantar como bandeira do PNL e que o governo não está dando a devida atenção.

— Um exemplo são os BRIC — diz Otávio, recebendo o passe. — Até agora o Brasil passou raspando pela crise internacional, mas não se pode garantir até quando.

— Essa história de BRIC — o pastor Clorisvaldo se entusiasma com as quatro letrinhas — é um verdadeiro presente do céu.

José Carlos vem chegando de volta, a tempo de ouvir o comentário, e arremata, em tom picaresco:

— Mais uma prova de que Deus é brasileiro!

Risadas esparsas, com a bela jogada. Otávio, o entusiasmado anfitrião, retoma:

— O Brasil tem que aproveitar a chance e dar o pulo do gato. É aí aonde eu queria chegar... A China tá movendo o mundo, entendeu? Com ela mais a Índia e a Rússia dentro, os BRIC vão disparar para um bloco econômico de primeira grandeza. Então o Brasil tem uma chance única de decolar para sétima ou sexta maior economia do planeta.

Ao que o comentarista político José Carlos conclui, com exacerbação algo juvenil:

— Com os BRIC, o nosso partidinho PNL pode virar um Davi contra Golias. Não é, Clorisvaldo?

Agora, os raios de arco-íris mancham o salão de modo desigual. O grande vitral em rosácea aparece mais nítido no alto da parede. Há quase paz nesse projeto de poder.

É então que Matias lembra, mais uma vez:

— Venha cá, Otávio. E o tal cara não chega?

Otávio dissimula alguma insegurança:

— É... tá atrasado demais. Mas que ele vem, vem. Deve ter acontecido algum imprevisto. Ele teria avisado se não pudesse vir.

— Supondo que o cara venha, você já explicou a ele o nosso projeto? — insiste Matias.

— Claro, claro, mas queria que ele conhecesse ao vivo... E, depois, ele não é um desconhecido de vocês, né? É colega de partido do Clorisvaldo...

No seu canto, apenas assuntando, o pastor não ostenta um ar muito animado. Limita-se a balançar a cabeça, ambiguamente.

José Carlos mete o dedo na questão:

— Bom, lá em Brasília ele não é nem de longe uma unanimidade...

E Matias, o deputado federal:

— A fama dele é de um cara grosseiro e até mal-educado.

— Não é bem assim como falam — retruca Otávio. — Muita gente considera o cara uma grande promessa, prova disso é a quantidade de votos que recebeu. Ele assusta um pouco porque diz o que pensa. Na política atual, isso é uma qualidade rara, concordam? Um cara desses pode dar um diferencial ao nosso partido.

* * *

No salão de cinema, onde aguardam seu momento de entrar em cena, Maria Grinalda e Dalila Darling decidem mudar o canal da tv.
— Põe na Ana Maria Braga, vai, ela inaugurou a casa nova do programa. Chiquérrima...
— Ai, não, eu acho aquele Louro José bem uó.
— Mas a Ana Maria tem umas receitas, hummm!...
— Pois eu já prefiro as da Palmirinha, ela explica melhor.
— Mas agora não é hora do programa da Palmirinha, bicha.
Grinalda tira o controle das mãos de Dalila, sintoniza o outro canal, aumenta o som. Ana Maria Braga invade a tela. As duas Afrodites assistem.
A apresentadora dirigindo-se ao marionete Louro José, *vim visitar tua casinha nova, pra gente comemorar uma coisa incrível, Louro*. O Louro, doente de curiosidade, *o que foi, o que foi? Ganhei na loteria?* E ela, *não, querido, é muito melhor. Imagine que a poderosíssima agência Fitch promoveu o Brasil ao grau de investimento*. O Louro, jeito de cretino, *e eu com isso?* E ela, *ai, Louro, isso quer dizer que o Brasil é agora um país seguro pra investir*. O Louro insiste, *e daí?* E ela, *daí que o mundo inteiro vai querer investir no Brasil. O país inteiro ganhou na loteria, meu bem*. O Louro, repentinamente eufórico, *poxa, então nós estamos nadando em dinheiro? Cadê, cadê?* E ela, *é um novo Brasil, Louro, chega de complexo de vira-lata*. O Louro, com determinação, *é isso aí, eu não sou cachorro não*. E ela, *pra celebrar, eu queria dar um presente pra sua nova casa*. O Louro, escancarando o bicão, *oba, que legal, vai dando logo o presente, ou não entra na minha casa*. E ela, *calma, Louro, você vai ter que escolher uma coisa*. E o Louro, *só uma, sua muquirana? Então vou dizendo logo: quero uma roupa nova, estou enjoado dessas duas cores*. E ela, *mas se tirar o verde-amarelo ninguém vai saber que você é brasileiro*. O Louro vira de lado e pensa com o bico em rápidos movimentos.
Grinalda e Dalila riem.
Louro, em grande excitação, *decidi, vai, quero uma capinha bem colorida, uma coisinha assim moderna pra usar nas festas*. E ela, *tá bom, então eu vou trazer um estilista muito conhecido pra fazer essa capinha*.

Louro, ansioso, *quem?* E ela, *o Alexandre Herchcovitch!* Louro, francamente deslumbrado, *jura que você vai fazer isso pra mim?* E ela, *vou, por que não? O Alexandre é meu amigo.* E o Louro, meio puxa-saco, meio cafajeste, *ai, minha apresentadora predileta, vem cá que vou te dar uma bicoca.* E ela, *nossa, que honra, um beijo seu!* Louro, *mas não é pra acostumar não, tá?* Ana Maria apresenta-lhe um lado da face. O Louro José faz pose de quem vai dar um beijo grandioso. Música aumenta.

Dalila não se convence:

— Ai, bicha, mais um pouco e esse Louro vira uma maricona... Com essa voz de taquara rachada, credo!

Sequencial 7

Os raios do arco-íris do vitral esmaeceram com o sol a pino. Apesar das janelas abertas, no salão de reuniões o ar está pesado com a fumaça de cigarro. Faz-se um intervalo. Os homens que decidem o futuro do Brasil têm ar cansado. Alguns parecem impacientes. Em cada canto do cômodo e perto das janelas, quase todos falam ao celular.

Aos poucos vão se reunindo em torno da TV ligada. Transmite-se um discurso do presidente Lula, que fala muito à vontade e sorri, às vezes sendo aplaudido pela plateia de empresários. O presidente parece um homem feliz.

Pela primeira vez neste país não vamos ter um candidato de direita na próxima campanha. Não é fantástico isso? Vocês querem conquista melhor do que numa campanha para presidente a gente não ter nenhum candidato de direita? Vai ser uma coisa inédita neste país.

— Esse sujeito quer esconder o sol com a peneira — diz Matias indignado. — Fez aliança com os piores caras, que ele mesmo chamava de picaretas... O próprio vice é de um partido de direita...

Na TV, Lula continua, em tom de campanha:

O povo ensinou que não precisa de intérprete nem interlocutor para tomar sua decisão. O que nós precisamos não é de formador de opinião. O povo sabe fazer isso sozinho, o povo está esperto.

Definitivamente, na telinha se vê um homem pleno de satisfação. No mais íntimo daquela sala, os espectadores compartilham, de um modo ou de outro, a felicidade que o presidente irradia à nação. Mas não se trata de unanimidade. Matias, o escritor renomado, sem conter sua crescente irritação:

— Está se passando por revolucionário! Esse cara é um demagogo do caralho! Eu sei muito bem o que ele anda aprontando por debaixo dos panos pra manter essas alianças...

Hermes parece divertir-se, balançando sua papada clerical com um riso de velho sábio:

— Cá entre nós, não dá pra negar, Matias. Em matéria de esperteza, esse Lula é um fenômeno. Tem um carisma como poucos políticos...

Leonilson interfere:

— Em outras palavras, é um demagogo, como disse o Matias.

— Seja lá o que for... — continua Hermes: — Ele conseguiu passar por cima do mensalão, que a oposição já dava como o enterro do PT. Se reelegeu com uma lavada no Alckmin. Tem aprovação de mais de oitenta por cento dos eleitores do Brasil. Todo mundo quer colar nesse cara. — Ele olha para o entorno. — É ou não é?

José Carlos entra no clima, gozador:

— Ele devia sair cantando que nem o Simonal, "mamãe passou açúcar em mim".

Espocam algumas gargalhadas francas no salão.

Otávio, que acabou de chegar, vê a cena na TV e comenta, ar profético:

— Brinca não. No Brasil só nasce um fenômeno como ele a cada cem anos.

— Assim também não, Otávio. — Leonilson se eriça. — O cara é um espertalhão refinado, e isso tá cheio no Brasil.

— Tamos falando a mesma coisa, ele é um fenômeno de esperteza política. Aprendeu a manipular quando era líder sindical.

Matias traz o debate para o seu terreno de historiador:

— Esse cara se vende como a reencarnação do Getúlio Vargas, um novo pai dos pobres. No máximo, é um grande orador popular, e aí sim tem carisma. — Empostando a voz. — O Cícero da Roma antiga chegou no Brasil e virou Padim Ciço!...

Enquanto Matias ri da própria piada, o ex-senador Hermes tenta o meio-termo:

— Eu não sou assim tão pessimista. Ele está carregando meio Brasil nas costas, e não apenas o PT.

— O cara não vai aguentar. — Otávio decide peitar o debate. — Essa vocação de são Cristóvão não é boa nem pra ele nem para o Brasil. É um puta risco.

Leonilson insiste:

— Entendo, mas não concordo com o Hermes. O povo está vendo no Lula o salvador da pátria, e o Lula vestiu essa fantasia, esperto como ele só.

Clorisvaldo toma a palavra, disposto a arrematar a conversa num modo edificante:

— O Lula se vende como um novo Messias. Mas Deus há um só. Em Êxodo, capítulo 32, se lê que o povo de Israel passou a adorar um bezerro de ouro e abandonou as leis divinas. Como castigo, Javé lhes mandou uma grande praga. Não se brinca com as leis do Senhor.

Seu pequeno sermão é interrompido por batidas na porta. Otávio atende. D. Odete está chegando com um carrinho de sucos e lanches.

— Obrigado, Odete. Pode deixar aí perto da mesa.

— Mais uma coisa, doutor. Chegou aí um homem, disse que é capitão. Mas não parece.

Otávio tem um ar de alívio, logo substituído por um sorriso de satisfação.

— Por que não mandou ele entrar? Peraí que já vou atender.

Com ar cético, a empregada se prepara para sair. Otávio se lembra:

— Ah, manda o Zito apanhar na adega uma dúzia daquele vinho sul-africano, ele já sabe qual, está separado num canto. — Depois a chama para mais perto e baixa a voz: — Faz favor, Odete. Não esqueça de levar lanche para a turma lá no salão de cinema.

Sem conseguir conter seu mau humor, a mulher comenta:

— Faz um tempão que estão tocando música alta. A maior bagunça, dr. Otávio.

— Não se preocupe. Estão ensaiando para o show de hoje à noite.

Otávio se retira rapidamente, enquanto os homens se aproximam do carrinho e vão lanchando. Desliga-se a TV.

Do lado de fora do salão, Otávio fala ao celular com Abelha, enquanto se apressa até a entrada da mansão.

— A gente atrasou um pouco, querida. Dá mais um tempo, tá? Eu chamo vocês depois do almoço.

Otávio volta ao salão de reuniões. Com ele, entra um homem alto e magro, de meia-idade, apesar dos cabelos ainda negros. Há certo descompasso entre seu ar de arrogância e o andar francamente provinciano, quase acaipirado. Ele veste uma velha jaqueta de couro sem estilo, uma camisa enfiada irregularmente na calça bege fora de moda e umas botinas pesadas. Os olhares se voltam para sua figura, entre surpresos e desconcertados.

— Aqui está o homem, pessoal.

Otávio sorri de maneira formal, sem conseguir esconder algum estranhamento. O recém-chegado faz um gesto indefinido, entre saudação e continência. Murmura algo inaudível, com a boca emoldurada por um sorriso incongruente, que mescla acanhamento e prepotência. Em seu rosto, permanentemente contorcido, paira uma desconfiança estrutural, que o mantém em estado de alerta. Os olhos claros, de cor indefinida, traduzem frieza e controle, sem conseguir esconder um ressentimento que extravasa e assusta. Mesmo a olhos menos atentos, seu porte enrijecido denuncia a origem militar em qualquer instância. Os únicos elementos naturais em sua figura parecem ser o cabelo em desalinho e o desleixo da roupa.

Tentando parecer mais desinibido, Otávio o apresenta de modo enfático.

— Alguns de vocês já conhecem o Paulo Gervásio, nosso capitão Paulão, representante da bancada paranaense na Câmara de Deputados. Foi um dos mais votados no seu estado. Veio direto de Curitiba, o que muito nos honra. — Vira-se para o recém-chegado: — Seja bem-vindo, Paulão.

Meio tartamudeando, o capitão explica, com voz rascante:

— É, vim de carro. Estrada ruim. Me atrasou, tá?

Por detrás dos sorrisos formais no entorno, os olhares enviesados não escondem alguma desconfiança. No seu canto, o pastor Clorisvaldo não consegue dissimular um mal-estar que o leva a se agitar de um lado a outro da cadeira.

Após os apertos de mão, Otávio puxa uma cadeira ao seu lado e convida o capitão a se instalar na mesa. Volta-se para os demais:

— Vamos ao que interessa. Nós convidamos o capitão para conhecer as propostas do nosso PNL. — Otávio continua, dirigindo-se a ele: — Você conquistou uma base eleitoral admirável, graças às suas ideias claras e corajosas. Sua postura em relação à esquerda demonstra uma coerência rara...

O capitão não contém um esgar à guisa de riso. Na contramão da sua aparente timidez, toma a iniciativa de se manifestar.

— É isso... Nunca perdoei esses vagabundos. Só fazem mamar nas tetas do Estado. Taí o mensalão, né?

— Sim, é verdade. O mensalão foi uma vergonha — assente Otávio, de modo quase mecânico.

— É, a gente espera que isso... Isso nunca mais pode acontecer.

— José Carlos comenta, em tom burocrático.

O capitão olha como se aguardasse mais comentários. Com uma dose de autoridade e outra de vaidade, continua em tom assertivo:

— É, dominaram tudo, esses caras dominaram tudo. Uma tragédia... Devia tirar esses esquerdistas de escanteio. Não deixar nem sinal.

O capitão faz uma pausa para examinar o efeito no entorno. Matias, Leonilson e Hermes se entreolham disfarçadamente. O pastor Clorisvaldo manifesta alguma impaciência.

Sem dar importância à estranheza gerada por seu rompante retórico, o capitão continua, num tom de voz crescente.

— Pra ser bem franco, tem que zerar a área, entende? De qualquer jeito. Zerar.

O capitão levanta os braços, como se portasse uma metralhadora, e mimetiza um fuzilamento. A radicalidade do gesto aumenta o desconforto nos rostos dos políticos, que se entreolham, perplexos. Leonilson tosse. Dr. Hermes contrai o rosto, assustado. Matias, os óculos quase caindo, tem a boca escancarada.

Ao contrário do que seria de se esperar, o desconcerto dos políticos parece ativar as convicções do capitão.

— O que penso é um negócio simples. Substituir esses sindicalistas petralhas pelos militares, tá? Totalmente. Militares, é. No governo e fora. Enfim, onde for possível. Porque eles são competentes e confiáveis. Mais do que qualquer político. Simples. É, simples assim.

Matias olha estupefato, quase sem acreditar. O dr. Hermes parece engasgar. O capitão, por sua vez, toma fôlego e reforça o tom convicto.

— Toda pessoa de bem precisa repensar o passado, sabe? Trazer de volta os bons tempos da autoridade. Foi o que consertou o Brasil. Eles salvaram o país das mãos dos comunistas. É, os militares não dormem no ponto... Naquela época, tivemos grandes obras, né?... É, o Brasil grande. Era essa a época.

José Carlos franze a testa, aflitivo. Leonilson joga a cabeça para trás, num gesto de estranhamento. Otávio abaixa a cabeça, visivelmente constrangido. O capitão prossegue em eloquência patriótica:

— O milagre brasileiro, entende? É isso. Então... A minha função com os eleitores é intimidar as pessoas de bem. Uma verdadeira missão. Intimidar para... precisam dar aos militares o valor que eles merecem...

Matias não se contém mais. Interrompe, sem esconder sua ironia.

— Se você "intimidar" as pessoas, é óbvio que elas vão cair fora. — Ele faz uma pausa teatral. — Ou o capitão está querendo dizer "intimar"?

— Ué, e o que foi que eu disse? — O capitão olha ao redor, entre defensivo e belicoso. — Ou tá me achando com cara de otário, pô? Eu respeito militar. Devoção, entende? O motivo é simples. Os militares estão sempre... Eles se sacrificam pelo país. A formação nas Forças Armadas é na base da disciplina férrea. Da virilidade, entende? Férrea. E é disso que a gente está precisando hoje em dia... Levantar o Brasil... A moral do Brasil, é isso.

Leonilson supera a perplexidade e contesta, com franqueza:

— Bom, então vamos mandar os políticos pra casa...

— ... ou pra cadeia... — Matias completa, quase bufando.

— ... e fazer os militares voltarem pra Brasília... É isso? — Leonilson retoma.

— Cara, sabe que você acertou? Na mosca, viu? — O capitão retruca, incendiado, à beira do descontrole. — A solução deste país é os militares de volta... E não só pra Brasília.

Ele olha rapidamente para os lados, como se resguardasse seu flanco, e continua.

— Isso que os petralhas dizem... Tudo propaganda enganosa... Defendem a democracia verdadeira, a família... esses são os militares. A ordem, entende? Ordem e progresso. Com Deus acima de tudo.

Quando perseguiram os comunistas, não teve nada de errado. Defenderam a ordem ameaçada. É, subversivos, essa desordem, ainda hoje. Os militares deram liberdade ao povo brasileiro. A mais plena liberdade, tá?

José Carlos olha de soslaio Otávio, que não esconde o olhar aflito. Matias investe, em modo convicto e aguerrido:

— Ah, então você está dizendo que os militares chegaram ao poder via eleição democrática... Não houve golpe em 1964, é isso?

O capitão se inflama ainda mais e levanta a voz:

— Nunca houve golpe, não houve. Nem perseguição a ninguém, entende? Uma reação legítima. Os militares defenderam o país. Uma guerra interna, só isso. Eles eram contra o comunismo que queria dominar o Brasil. E os políticos, então? Não fizeram nada. Um Congresso que não serve pra nada, é isso.

A boca semiaberta do dr. Hermes indica incredulidade, tal como a testa franzida de Leonilson. José Carlos articula um sorriso de cinismo. Otávio baixa os olhos, disfarçando o constrangimento ainda maior, enquanto o pastor balança a cabeça para os lados, desaprovando. O capitão para bruscamente ao se dar conta da perplexidade de todo o grupo. Depois de algum silêncio, em que titubeia, ele baixa o tom da voz e tenta mostrar controle, sem convicção.

— Bom, eu sou assim. Incomodo um pouco... É, às vezes incomodo. Mas não é nada. É minha honestidade. É, é isso, sinceridade. Faço jogo limpo, pô. Eu gosto de falar a pura verdade, tá? Estou sempre procurando a verdade.

Quase engasgando, não por insegurança, mas por indignação, Matias busca as palavras exatas. Seu tom de voz denota um esforço hercúleo para se conter:

— Capitão, eu já tinha ouvido muita... mas muita, digamos assim... besteira contra a democracia representativa, inclusive da parte dos comunistas, que você tanto detesta. Mas a sua... a sua proposta ganhou de longe. Ela parou no passado. Agora, em pleno 2009, parece que você pretende jogar no lixo o sistema liberal. Pergunto, honestamente: o que veio fazer aqui, onde a gente pretende fundar um novo partido po-lí-ti-co?

Com voz firme, o capitão não titubeia:

— Eu só vim convidado. Sim, fui convidado. Por um... velho conhecido, o Otávio. Posso dizer, um amigo, né?

Otávio tenta botar panos quentes, com sorriso amarelo:

— Bom... é verdade... Repito: você é muito bem-vindo, capitão. Agradeço sua boa vontade de viajar até aqui. Então reitero o motivo do meu convite, que é lhe apresentar o nosso projeto... Pode até considerar se transferir de partido para... para nossa agremiação. Isso se achar conveniente, é claro.

Num misto de inquietação e repulsa, os demais presentes, com exceção de José Carlos, levantam-se quase em sincronia, sob pretexto de se servir de suco no carrinho. Voltam aos seus lugares em evidente contragosto. Otávio olha. Vê rostos contraídos, respirações afoitas, gestos de impaciência. Sua tarefa se parece àquela de recompor um batalhão devastado. Ainda assim, tentando fazer de conta que o incidente está superado, Otávio insiste:

— Que tal a gente continuar, pessoal? Ânimo, que já estamos na etapa final para criação do nosso partido.

Com otimismo forçado, José Carlos entra em socorro de Otávio:

— Gostaria de ouvir do pastor Clorisvaldo sobre a migração dos seus correligionários congressistas para o nosso partido. Alguma novidade?

O pastor engole um resto de suco, pego de surpresa pelo jogo encenado:

— Sobre isso eu já dei minha palavra. Estou falando com todos... um por um. O meu povo... acredita em mim.

E Otávio, reiterativo:

— Para nós, sua liderança na bancada religiosa é essencial.

O anfitrião olha de soslaio para o convidado, buscando trazê-lo de volta à conversa normal. Nota nele um olhar duro, pouco receptivo.

O pastor limpa a garganta. A palavra de Deus deve soar clara.

— Mas reafirmo aqui alguns princípios, são cláusulas pétreas em nossa bancada. Não abrimos mão deles.

Sem conseguir frear sua agitação, o capitão olha com um ar de desprezo, enquanto o pastor pontifica, como se portasse uma tábua de mandamentos:

— Em primeiro lugar, direito à vida, sim, aborto não. O assim chamado feminismo é uma perversão moderna. Em segundo lugar, defesa intransigente da família, em oposição ao lobby homossexual. Nosso dever cristão é combater a ditadura gay que se instalou no país. Eles querem se impor em nome dos direitos humanos, mas pecados contra a natureza e contra as leis divinas não podem se disfarçar em direitos. É um direito nosso lutar. E que fique claro: não vamos admitir que se atropele a liberdade religiosa neste país. Será preciso passar por cima do nosso cadáver. — Ele olha ao redor, para impor autoridade. — O que faz a diferença em nossa bancada religiosa é ter convicções firmes. A gente sabe impor condições. — Esforça-se para emitir um tom irônico, mas produz apenas um esgar. — O Lula gosta de acender uma vela para Deus e outra para o diabo. Nós vamos lá e apagamos a vela do diabo, só isso.

Clorisvaldo respira e retoma sua postura ereta, de quem acaba de fazer uma grande peroração. Entre os demais presentes, instala-se uma tentativa de conluio sem convicção. Menos o capitão, que não se contém. Como se movido por uma força maior, evidente na sua agitação, ele toma a palavra por conta própria.

— Brecar o Lula e sua república sindicalista, isso é básico. E tem outras coisas. Precisam ser estabelecidas, sem dó. (Examina retoricamente o entorno.) A boiolagem que a esquerda espalhou neste país é um nojo. Essa turma de intelectual boiola só fala em direitos. Mas não tem... Gente depravada não tem direito. Direito de queimar a rosca, porra? Não senhor, imoralidade aqui não. (Limpa a garganta, para reiterar sua convicção.) Eu tenho nojo. Simples assim. Nojo dessa gente. Tudo doente.

Antes que a inflamada eloquência gere mais perplexidade nos colegas, Otávio aciona sua função de apagar incêndio e tenta dar continuidade ao debate:

— A bancada religiosa pode ficar tranquila. A preservação da família é uma determinação obrigatória dos bons cristãos que somos.

E José Carlos, sério como nunca, prático como sempre, continua a encenação de conluio:

— Não esqueçam que nosso partido vai defender a isenção fiscal das igrejas, em todos os níveis almejados. Além de defender a religião de qualquer ataque à sua liberdade, custe o que custar.

Nesse momento, o capitão faz sinal com a cabeça e retoma a palavra, para expor aquilo que, por seu ar bufante, implica a mais legítima indignação.

— Mas olha, sou obrigado a mencionar. Um assunto mais delicado. É minha obrigação. A bancada religiosa que eu integro exige da sociedade uma moral. Moral ilibada, viu? Por isso me chocam umas histórias aí. Essa tal de pedofilia, né? Isso não se admite. Nossas crianças... Pelo amor de Deus! Precisa ser combatido, o pedófilo. Esses padres e outros líderes religiosos... Andam atacando nossas crianças... Não pode acontecer. Não tolero. Precisa ter atitude firme contra os cafajestes que usam a religião pra atacar gente inocente. Tem até pastor, nessa. — Ele faz uma pausa retórica. — É, isso mesmo, pastor evangélico!

Os políticos acompanham, entreolhando-se desnorteados mas também aflitos ante o rumo imprevisto. O capitão Paulão olha rancorosamente para os lados do pastor Clorisvaldo, que sente a estocada e se defende, pego de surpresa.

— Não se pode generalizar, capitão. Nem todo pastor é cafajeste. A mesma coisa no exército. Se existem homossexuais nas Forças Armadas, nem por isso se pode dizer que todo militar sofre desse mal...

O capitão o fulmina com um olhar de ódio mastigado, remoído e finalmente cuspido:

— Se vê... Você repete fofocas. Coisas manjadas, calúnias. Nosso exército é impoluto. Basta ver a disciplina, o rigor moral de macho. Não é como no seu caso. É fato comprovado, Clorisvaldo. Vamos lá... — Ele limpa a garganta em busca do tom exato para articular a frase. — Ninguém inventou a história da menina abusada sexualmente por você. — Faz pose dramática. — É sim, a filha do casal de fiéis da sua igreja, que confiavam cegamente no seu pastor... Doze anos, ela... Mais?... Menos? Quantos anos? O pessoal aqui precisa saber...

Os políticos se mostram claramente perplexos ante o debate centrado em dois egos religiosos. Com um mal pressentimento, Otávio tenta intervir:

— Peraí, calma, pessoal. Peraí...

Mas já é tarde. O pastor Clorisvaldo arregala os olhos, com indignação impostada:

— Como você ousa dizer uma coisa dessas, Paulo Gervásio? Isso não passou de uma fofoca injusta. Eu fui absolvido pela Igreja, lembra?
— Absolvido? — O capitão não se deixa convencer. — Fala sério... Você comprou a comissão que julgou o seu caso... Com favores, é isso.
— Mas que calúnia mais indigna, seu... seu...
O capitão o encara, em pose de enfrentamento:
— Diga! Diga aí!
José Carlos se levanta e intervém:
— Pô, pessoal, que negócio é esse? Por favor!
Clorisvaldo tenta se controlar, arrumando os cabelos com as mãos trêmulas:
— Pois eu vou dizer!... Viciado em cocaína, é o que você é. Cocainômano! Não foi por isso que o Exército te dispensou?
O capitão tenta um riso cínico, mas se descontrola. O humor pretendido se rompe em pedaços. Quase beirando o estupor, ele avança em direção a Clorisvaldo. Otávio se interpõe, aos gritos:
— Para por aí, capitão. Chega, pastor.
Sem dar ouvidos, o capitão enfia a mão dentro da jaqueta de couro, retira uma pistola e levanta o braço em direção ao pastor. Otávio e José Carlos saltam sobre ele e lutam para imobilizá-lo, com grande esforço. Quase descontrolado, Otávio insiste:
— Para com isso, capitão. Pelo amor de Deus, para!
Leonilson e Matias acorrem para ajudar a segurar o agressor. Rubro de ódio, o capitão ainda tenta se desvencilhar, em meio a um burburinho de vozes se atropelando com rogos de bom senso.
— Guarda isso, capitão.
— Não se brinca com arma, porra!
— Calma, calma aí!
Quase hipnotizado pelo horror, Clorisvaldo olha a cena com incredulidade. Por alguns segundos, há uma imagem congelada do grupo e seus músculos retesados. O braço erguido do capitão Paulo Gervásio marca um gesto de inspiração fratricida. Promete algo com autonomia própria, fora da lógica esperada. Sua selvagem concretude aponta para uma fissura prestes a romper o ar em duas partes inconciliáveis.

Só a custo o capitão afrouxa e baixa o braço lentamente, recolocando a arma dentro do casaco. Mesmo assim, não parece totalmente convencido da trégua imposta. Insiste para se desvencilhar das mãos que o retêm. O rosto possuído pelo ódio, ele resfolega como um condenado, quando seu grito soa em direção a Clorisvaldo:
— Dê graças a Deus que eu não te meti um tiro no meio da cara...
Aquele gesto de ameaça assassina continua parado no ar. Não conseguiu atingir o alvo menos por desestímulo dos presentes do que por precaução de não deflagrar precocemente o momento do crime. Talvez tivesse se detido pela intuição enigmática de um ódio que não foi desarmado nem pretendia se deixar vencer.
Clorisvaldo se afasta preventivamente, enquanto grita:
— Você não é gente. É um desequilibrado mental.
— Desequilibrado, eu? — O capitão não perde tempo ao revidar. — Pelo menos não sou boiola disfarçado. Você sim.
Clorisvaldo, de longe, com voz trêmula:
— Isso é um desrespeito... sem tamanho. Todo mundo sabe que você nunca respeitou a autoridade religiosa. Até o seu batismo foi forjado. Pra ganhar apoio das igrejas durante as eleições.
Dr. Hermes espuma de impaciência. Leonilson, o rosto contorcido de aflição, interfere mais uma vez:
— Chega de bate-boca, gente. Melhor se acalmar...
Clorisvaldo parece não ouvir. Assume ares de juiz, o rosto bexiguento inflado, enquanto ameaça:
— Pois se prepare. Vou fazer um relatório completo ao bispo sobre seu comportamento anticristão.
— Vai, vai correndo. — O capitão escarnece, com um risinho canastrão. — Você é um incompetente, entendeu? Um tremendo incompetente, todo mundo sabe. E o bispo também. Você ficou com raiva porque o partido te preteriu. Se eu disser ao bispo que quase te dei um corretivo, ele vai me perguntar: Só um?
Nesse instante, o dr. Hermes explode, num berro que reboa por todo o local:
— Chega, vocês dois. Já ultrapassaram os limites. Exijo mais respeito! Ninguém aqui é obrigado a aguentar suas brigas. Melhor se acertarem lá na sua igreja.

Há um intervalo de silêncio, em que todos os presentes tentam retomar pé nessa contenda que parece fora de propósito, mas só poderia ter acontecido naquele lugar e naquele preciso momento.

Bufando como touro furioso, o capitão arruma o topete, num cacoete para se controlar.

O silêncio se adensa com o ruído dos pulmões resfolegantes. Ainda perplexos, os políticos se entreolham e avaliam mudamente o que sobrou da violência do embate. Otávio balança a cabeça, num movimento mecânico que revela impotência. Os outros o imitam, em franco alívio.

No canto onde se senta, o pastor Clorisvaldo, cabelo em desalinho e rosto pálido, parece exaurido.

O silêncio se prolonga, inócuo. Sem nada dizer, o capitão rompe a trégua, dá meia-volta e se retira do salão, tentando impor majestade ao andar claudicante. Seus passos ruidosos se fazem ouvir atravessando os corredores da mansão, por conta própria, até a saída. Depois, o ranger da porta central abrindo e fechando. O capitão vai embora, sem olhar para trás.

Mas a sombra do seu gesto ficou. Aquele braço que ali se ergueu em violência radical e descontrolada determinava uma ruptura não pressentida entre os protagonistas da reunião. O gesto premonitório apontava para um projeto cruel: a barbárie. Não que a crueldade fosse alheia ao grupo, mas era sim inédito aquele tipo de crueldade presente no braço que se levanta sem pedir licença nem desculpa, sem necessidade de esconder seu verdadeiro motor. E era a pulsão de morte, que se levantava do chão para se anunciar como motor inclemente, real, não mais disposta a se camuflar e se represar. Ali naquele gesto de truculência, inflado de absoluto, havia um fim e talvez um começo. Mas como nem tudo o que começa é novo, naquele gesto possuído pela sanha de retaliação vinham à tona ressentimentos acumulados em diferentes níveis do passado. Graças ao acúmulo de ódios pretéritos, o que se sentia ali era o cheiro, podre sim, da destruição enquanto princípio organizador da barbárie. Sem se dar conta, esses políticos não seriam mais os mesmos. A partir daquele instante em que o braço punitivo se levantou, rasga-se a cortina de um drama medíocre para entrar em cena o desvario da história. O espírito do tempo, com sua lógica grávida de enigmas, determina a supressão da máscara, para que o mal se revele nu. Uma vez cancelada a máscara, a mansão das rosáceas toma o rumo de uma narrativa errática, à procura de um sentido indecifrável. A cena se abre para a necessidade de novos profetas. Ou profetisas, como se verá.

Sequencial 8

Money makes the world go around, the world go around, that clinking clanking sound of money-money-money... No salão de cinema, as Afrodites rodam de um lado para outro, se chacoalham e rebolam acompanhando a canção, em coreografia um tanto desordenada. *Money makes the world go around, of that we can be sure... money money money...*

Um frêmito de susto percorre os corpos das dançarinas, ao ouvirem berros vindos do salão de reuniões.

— Peraí, peraí, eu errei tudo. Era para entrar com o sapateado...

— Ai, Grinalda, de novo?

Estão todas ofegantes. Dalila Darling desliga o som. Mostra-se impaciente. Maria Grinalda reclama, tentando minimizar seu tropeço:

— Ai, bicha, essa coreografia é muito complicada.

— Não é complicada porra nenhuma. — Gloriosa de Orléans põe as mãos na cintura, com determinação. — Depois do sapateado tem aquela viradinha e então levanta o rabo, para o dinheiro cair dentro do cu. A gente já ensaiou pra caralho. É só prestar atenção, viado.

Dalila interfere, não sem malícia:

— É que hoje a senhora tá toda requenguela, né?

Grinalda ri, conivente, e segreda:

— Vai ver eu tô mesmo. Depois do oré de ontem à noite...

— Hummm, exibida. Se aquilo for oré que preste... Um magricelo varapau.

— Brinca não, beeecha. O bofe é um fogo só. Com uma jeba! Meu edi ainda tá pegando fogo.

— Pelo jeito tá é afolozado...

Quando Dalila vai ligar a música de novo, Abelha Rainha irrompe salão adentro.

— E então, bicharéu, como vai esse show?
— Nossa, Abelha, tu não morre mais. Chegou na hora certa. A música que tu me passou é um arraso. Mas a coreografia tá complicada.
— É por causa desse *cling clang*, tem que virar pra cá, pra lá e depois... Justo quando eu vou dar a volta, caga tudo...
— Essa monga da Grinalda tropeça toda vez e perde o passo.
— Ué, se está complicado, melhor cancelar. Já tem número mais do que suficiente pra hoje à noite.
— Por falar nisso, Abelha, e os home? Já deram notícia?
— Afe, que demora, Abelha.
— Bichas, é pra gente esperar, eles ainda não acabaram a reunião. O dr. Otávio vai me avisar, tá?
Isso dito, decidem repassar o show. Sem o "Money" da Liza Minelli.
Abelha se senta num sofá diante delas. Pronta para assistir, sem esconder o orgulho da trupe que criou. Cada menina toma seu lugar, em pose de grande estrela. Dalila dispara as músicas. As Afrodites começam desfilando, soltando a franga durante os acordes da introdução. Então Maria Grinalda toma a frente *sei que eu sou bonita e gostosa* e sai chacoalhando frenética todo seu silicone *sei que você me olha* esfregando bonita e gostosa o peitoral *e me quer* com gestos lascivos *eu sou uma fera* e solta olhares de sedução barata *eu sou perigosa* às vezes correndo atrás da dublagem sem tempo de respiro *vou fazer você ficar louco*, e não há mesmo tempo pra respiro quando lá vem entrando Dalila Darling e se requebra e roda as mãozinhas espertas de falsa baiana no tic tac que *marca o compasso do meu grande amor* quase Pequena Notável e o *tic tac do meu coração* rebola com brejeirice e os dedos no tic tac rebolam enquanto ela remexe as cadeiras *é um aviso do meu coração* revira os olhinhos *morrendo de tanto sofrer* e dá um breque no tic tac final, e há um respiro de verdade quando entram acordes majestosos que fazem esmorecer as luzes e Gloriosa surge de rosto lamentoso emprestando seus lábios para a diva Piaf *je ne regrette rien* nem o passado importa e se despe de tudo suas dores seus prazeres porque *je repars à zero* e Gloriosa, a ruiva de Orléans, olha o infinito pronta para recomeçar do zero *avec toi*, ah, *mon amour, mon amour*, mas nada de lágrimas!, parece dizer Lili, que em seguida irrompe aos

pulinhos com sua Beyoncé de perucão loiro dublando *all the single ladies* com brilho todas solteiríssimas então dá licença *you gonna learn* sim, nossa safadeza é deslavada porque *another brother noticed me, baby* e se você gosta mesmo *put a ring* no meu dedo exigente porque somos *all single ladies, baby,* cadê o anel, cadê o anel, entram todas dançando com entusiasmo de *ladies*. E aí Lili tropeça e quase cai.

Lili se reequilibra, mas insatisfeita com seu número. De repente, pergunta se não seria melhor entrar com aquela música da Etta James em vez da Beyoncé, Etta entrando, com seu traseiro pra lá de avantajado, de tamanho iiii-li-mi-taaa-do, fazendo da bunda o centro da musicalidade em cena e incendiando o público, então Lili mostra o rabo e rebola como se o popozão de Etta James tivesse vida própria. Mas ai, Beyoncé..., ah, Beyoncé, *quem poderia resistir à beleza dessa amapô neguinha?* Sim, a voz é tudo, mas *ah, tem aquele rebolado, safado como só ela, coxas perfeitas, ancas de diaba no cio, porque só Beyoncé tem o que mostrar, verdadeira deusa que é.*

Numa disputa que já parece antiga, Maria Grinalda interrompe, com desdém:

— Sem essa, mona, igual o Michael Jackson não tem. Aquilo é que é dançar!

Lili protesta, estonteada ante o atrevimento:

— Qual é, bicha. Como alguém pode dizer que o Malco Jeckso... aquela maricona enrustida... dança melhor que a Beyoncé?

Abelha, um pouco irritada com a interrupção do ensaio, não perde a oportunidade e põe em ação sua naja, quase escandindo as palavras:

— Beyoncé pode ser o máximo, Lili. Mas Malco Jeckso só existe na sua cabeça. A menos que você esteja se referindo ao grande Michael Jackson...

Infelizmente, Abelha interfere na hora errada. A dúvida de Lili é real, e ela percebe a estocada maldosa. Dessa vez, não parece disposta a suportar a provocação, não naquele momento, não justamente quando defende sua diva-mor. Está armado um clima de tensão explosiva, longamente adiado e maturado. Começa aí o maior bafão. Lili alarga os peitos, para que baixe uma Beyoncé assim igual Pomba Gira e, decidida a acaralhar mesmo, caminha até Abelha, em passos de diva, movendo ancas não de mera égua, mas de potranca, num gingado

de puro ódio, até se postar frente a frente com a Rainha. Trata-se ali de duas majestades, em resumo. Então Lili destampa de vez tudo o que sua alma tem para vomitar:
— Malco Jeckso existe porque eu quero, d. Abelha. Quem a senhora pensa que é? Diga? Só a senhora sabe tudo? Então fica aí botando roupa de mulher pra quê? Nem bonita é, sua monga. Só pode ser frescura de cu preso, porque nunca enfrentou a rua. Enquanto a senhora dá suas aulinhas pra gente fina... quem enfrenta a merda são os viados aqui. A vida inteira comendo o pão que o diabo amassou. É ou não é, beeechas?

Ferina, faz um gesto abarcando as outras colegas. Grinalda se aproxima, solidária. E Lili, *sabe quantas vezes fui presa? Perdi a conta, era só uma viatura passar, os alibãs paravam e lá ia a bicha preta, chutada pra dentro feito bicho até a delegacia.* As demais sabem do que ela fala. A mágoa guardada solta-se súbita, quase ao mesmo tempo, em catarse coletiva. Não podem calar. Grinalda, *fui jogada na rua por minha família, eu ainda nem tinha terminado o grupo escolar, feito cadela.* E Dalila, *sabe quantos primos me estupraram quando criança? Cinco, sem contar um tio e os vizinhos.* E Gloriosa, *fiquei mudando de escola em escola porque apanhava dos colegas, era o viadinho da classe.* E Grinalda, *tem as surras, primeiro do meu pai e depois na rua, já perdi a conta das vezes que fui parar em pronto-socorro, aguardando horas no corredor.* E Gloriosa, *me deram um coió no banheiro masculino, eu queria ir no feminino, mas não podia, então mijava na calça.* E Dalila, *sabe quando comecei a prostituição? Com doze, doze anos e eu na estrada, sendo comida por caminhoneiro, por uns trocadinhos.* E Lili, *levei mas também dei muita porrada, fiz os alibã sentir o gosto do meu sangue.* Para comprovar, Lili Manjuba estende na cara de Abelha seus dois braços cobertos de cicatrizes de gilete e estilete. É sua melhor escultura.

— Porque aqui não tem Afrodite mais verdadeira do que eu, tá sabendo? Olha só! — Lili arranca da cabeça o picumã loiro de Beyoncé e mostra seu picumã real, com a mecha rubra ressaltando de um lado. — Eu sou Afro, porra! Afro-Dita de nascença. E foi assim que enfrentei tudo, e vou enfrentar você, Abelhuda de merda.

Ofegantes, as outras Afrodites não se sentem usurpadas, apenas constatam com admiração, ou espanto, a Pomba Gira que baixou em Lili, agora nem Manjuba, nem Holiday, mas tão somente Lili Negona, a apoplética Necona.

Após pequeno silêncio, Abelha pergunta:

— Já acabou seu discurso, Lili Holiday?

— Ainda não, madame. — Lili se encontra tão senhora de si que decide, como promessa pública: — Vou dublar Beyoncé mesmo. Foda-se a bunda da Etta James. Vou ser uma mulher linda, pra colocar de joelhos os homens que eu quiser.

Lili resfolega, triunfante.

Abelha fica parada, lívida. Mas não ostenta arrogância nem raiva, menos ainda ressentimento. Há em seu rosto algum traço de compaixão legítima. Talvez admiração. Ou talvez fosse súbito afeto, porque seus olhos cintilam mais do que o normal. Paira um silêncio reticente no salão. As Afrodites se entreolham. A voz de Abelha soa com determinação:

— Eu quero pedir perdão. Vem cá, Holiday.

Lili titubeia. Depois se aproxima, desconfiada. Abelha a abraça apertado e beija-lhe o rosto. Lili sorri com certa insegurança, mas condescendente:

— Sua abelhuda horrorosa…

Antes de ligar o som, Dalila Darling consulta:

— Tudo certo para o encerramento do show, amigas?

— Colocadíssimas, querida! — todas quase numa só voz.

Alinham-se. A música dispara. Dos céus desaba então a vertigem final, ah, porque está muito úmido e a previsão do tempo indica *get ready, all you lonely girls* é chuva pesada chuva como nunca se viu mas deixem as sombrinhas em casa o melhor é sair pra rua, e sacodem peitos bundas braços e saltam se contorcendo e voltam aos velhos tempos em que *for the first time in history* aconteceu e é motivo para dançar e rebolar porque, meninas, *it's raining men, hallelujah!* e celebram *it's raining men, amen!* no meio da abençoada chuva de homens clientes amantes não importa estão ensopadas celebrando *God bless Mother Nature* e nos clubes noturnos seu público se solta *it's raining men* o entusiasmo se multiplica no momento culminante *it's raining men* soltam a franga *hallelujah!* verdadeiro galinheiro quando entra o duelo final de bate-cabelo *amen!* dançar e celebrar porque chovem homens *hallelujah!* em alegria genuína, tudo é pretexto para o juízo rodar *hallelujah!* os picumãs em transe, todas girando as cabeleiras, Lili com seu perucão loiro à Beyoncé sacudindo, sim, picumãs chicoteados que produzem o transe diretamente nos cérebros *hallelujah!* drogadas de felicidade inacessível aos ingênuos e pobres de espírito *hallelujah!* picumãs que zoam no ar fustigando apoteoticamente as dores, porque o céu se abre, Deus abençoa a natureza e faz cair homens às pencas, homens de todos os matizes, pobres homens felizes por alguns instantes, tantos e tantos machos anônimos *hallelujah!* mas tão próximos tão íntimos nas ruas nos carros nos motéis, e elas se sentem deusas dos mocós, e suas cabeleiras zoam e zunem e celebram *it's raining men, amen!* É assim, com uma batalha de valquírias despudoradas, que as Afrodites pretendem encerrar o show dessa noite.

Sequencial 9

— Na parte que me toca, pessoal, peço desculpas pelo acontecido. Francamente, nunca pensei que o tal capitão fosse assim. As informações que tinha dele faziam crer que seria outra pessoa. Certos escorregões polêmicos, mas nem tanto. — Pausa de constrangimento; balança a cabeça, agitado. — Bom, a gente às vezes se equivoca. Vão desculpando, tá?

Enquanto fala para o grupo, Otávio mira particularmente o pastor Clorisvaldo, como se quisesse corrigir um erro imperdoável junto a ele. O pastor mastiga um pedaço de bolo, ainda tentando se acalmar.

Sobre a grande mesa de mármore da sala de jantar, restos de sobremesa e garrafas de vinho vazias evidenciam que os políticos estão mais descontraídos, bebericando ou fumando após almoçarem. Sem conter a agitação, Otávio acaba de se sentar, de olhos esbugalhados enquanto funga sem parar. Volta-se para José Carlos e lhe faz um sinal positivo, furtivamente.

Depois de tomar um gole de vinho, o historiador Matias pontifica, buscando minimizar o ocorrido:

— É incrível como esses equívocos da velha política brasileira se perpetuam. Aparece cada aventureiro! Não se lembram do Jânio Quadros? E do Collor? Todos passando por salvadores da pátria.

Leonilson dá uma baforada no seu charuto cubano e balança a cabeça, inconformado:

— Não, não, é um cara sem noção. Ele alimenta pretensões de fazer uma longa carreira política. Vocês acreditam? O Hermes já ouviu o cara falando disso, cheio de si. — Leonilson dá uma risada, antecipando. — Vai ver, lá no fundo ele pensa em ser presidente da República.

Quase todo o grupo ri. Matias engrossa a piada:

— Quem sabe, dando um golpe de Estado, coisa que ele tanto aprecia. Pior que isso, só se o povo brasileiro enlouquecer nas eleições...

— Pelo amor de Deus, um cara assim não tem futuro nenhum na política — diz José Carlos, mastigando um pedaço de maçã.

— Não mesmo. O tempo dele já passou. O cara está por fora — reitera Matias.

Hermes, bebericando seu vinho, ri de incredulidade.

E José Carlos complementa, como quem enuncia um achado:

— Ou ele é um profeta e está se adiantando a nós...

— Um profeta do ressentimento... — Matias endossa, com ressalvas.

Tentando não abrir mão da ironia, José Carlos pontifica:

— Se esse cara estiver à frente do nosso tempo, sua profecia está nos vendo na lata de lixo da história.

Há um silêncio de desconforto, que a passagem meteórica do capitão deixou como marca — ou seria trauma? — no gesto icônico de apontar a arma de fogo contra qualquer coisa que se mova.

O pastor Clorisvaldo, ansioso por restaurar a tranquilidade, reage com um veemente gesto negativo de cabeça e verbaliza a seu modo as certezas que todos ali esperam:

— Não, não. Não tem profecia nenhuma. Ele simplesmente não tem educação. Vou reportar o caso à minha bancada... Foi muito grave.

O celular de Otávio toca. Ele se levanta e se afasta para atender, *sim, sim, tudo bem. E vocês aí?* Ouve. *É, em Miami o tempo é sempre lindo. E as crianças?* Ouve. *Que bom que ele está curtindo esse curso, ele sempre gostou de mergulho submarino.* Ouve. *É, vai ser legal pra dar um upgrade no inglês dele.* Ouve. *Não se preocupe, está tudo sob controle.* Ouve. *O.k., só me avise confirmando o voo. Boa Páscoa, meu bem.* Ouve. *Beijos nas crianças.* Ouve. *Tá, outro pra você.*

Otávio se aproveita da interrupção e dá uma escapadela até o banheiro do lado. Abre um pino, esvazia o conteúdo do padê numa única fungada. Olha-se ao espelho. Fica impressionado com suas faces enrubescidas. Abre a torneira e molha rosto.

Quando retorna à sala, encontra o grupo mais descontraído. Leonilson conversa com Matias:

— Bom, então fico de te confirmar o jantar na quinta. Alguma coisa mais, Tavinho?

Pego de surpresa, Otávio emenda, para Matias:

— Ah, eu tinha me esquecido de comentar. Minha mulher outro dia... Você é com certeza o escritor brasileiro de maior sucesso no momento, porra. Você! Você, seu sacana. Lá em Miami, minha mulher viu um programa na TV sobre seus livros, que já são um sucesso na Alemanha e na França. E agora parece que vão ser lançados nos Estados Unidos. Porra, e você nem fala nada pra gente. — Dá uns tapinhas nas costas de Matias. — Isso não é pouco, caralho. Parabéns, cara.

Matias responde lisonjeado, enquanto fuma:

— Bom, eu não gosto muito de comentar essas notícias, enquanto não saem na mídia local. Além do mais, não é bem assim. Por enquanto vão lançar só um título meu, o primeiro da minha safra recente. Demorou pelo menos oito anos para sair em inglês. Uma eternidade!

— A gente não pode esquecer de brindar a essa notícia alvissareira — retruca dr. Hermes. — É um negócio muito bom para o lançamento do nosso partido.

— É, já já a gente vai brindar — diz Otávio. — Aliás, o Zé Carlos arranjou um gancho incrível: vai propor o lançamento da candidatura do Matias para o prêmio Nobel, porra, negócio genial.

Leonilson, não sem uma ponta de ironia:

— Prêmio Nobel da Paz para nosso ex-guerrilheiro?

E Otávio, sem captar a ironia:

— Não, prêmio Nobel de Literatura, é claro. Já tá rolando nas redes sociais, sabia? Genial, Zé, genial.

José Carlos intervém, mal contendo sua ansiedade:

— Peraí, pessoal, tá havendo um mal-entendido. Bem que o Matias merecia um prêmio Nobel... mas é candidatura para a Academia Brasileira de Letras o que estou lançando. Não que seja menos importante, ao contrário...

E Leonilson, embarcando no entusiasmo:

— Tanto faz, tanto faz. Sendo literatura, é uma honra do caralho.

Otávio, o rosto ainda mais vermelho de excitação:

— Você vai dar uma força na mídia, né não, Zé Carlos?

— Claro, porra. É o mínimo que se pode fazer por um escritor com esse prestígio. Sempre que posso eu pauto alguma matéria citando o Matias. Claro que não vou falar do passado dele. — O jornalista dá uma sonora risada. — Teu passado te condena, Matias velho de guerra. Mas a gente te perdoa, porra. (Ri de novo, exageradamente.)

Matias ri também, condescendente com a menção ao seu passado aventuroso de subversivo, como se dizia na época. Dá uma longa baforada e pontifica, convicto:

— Para citar Carlos Drummond de Andrade, cansei de ser moderno, agora quero ser eterno...

Na sala, só o pastor Clorisvaldo aparenta certo ar de incredulidade, ainda que esteja tentando acompanhar com um falso interesse.

Dr. Hermes, já liberado pelo vinho:

— Dizem que você conta umas coisas bem cabeludas da história do Brasil. Desculpe, Matias, eu ainda não li... mas tenho dois livros seus na minha mesa.

José Carlos aproveita a brecha, puxa sutilmente Otávio para um lado e lhe cochicha:

— Vamos acabar logo com isso, cara. Tô louco pra relaxar um pouco com essas meninas aí! — Não contém um riso lascivo. — E aquelas coisinhas, tem mais?

— Não posso trazer as meninas enquanto o pastor não for embora — sussurra Otávio enquanto entrega-lhe furtivamente um pacotinho com um olhar meio maroto. — Tem aí uma meia dúzia de pinos. É só um aperitivo, tá?

Amplo sorriso estampado no rosto, o emérito jornalista político José Carlos apanha a encomenda e se retira imediatamente da sala de jantar, ansioso pelo pequeno éden que seu nariz irá lhe proporcionar.

Depois de almoçarem na copa, as Afrodites se aprontam no salão de cinema. Estão alvoroçadas de encantamento.

— Nossa, eu nunca tinha comido carne de javali.

— E a sobremesa? Que coisa boa era aquilo, gente?

— Tava delícia mesmo.

— Fora aquela racha, que faz cara de bruxa quando olha pra gente.

Profissionais que são, já cuidaram de fazer o mais importante: a chuca, seja com as bombinhas de borracha da limpeza convencional, seja com garrafas pet que aprenderam a usar quando se prostituíam no sufoco das estradas. Sempre prontas para o que der e vier, sabem que não se pode correr o risco de perder um cliente por desleixo com algo tão básico para quem bate calçada.

Enquanto algumas ainda abrem suas bolsas e sacolas, de onde vão retirando peças de vestuário, outras estão terminando de passar a ferro seus trajes de gala, com muito cuidado para realçar o brilho e os detalhes nos modelos. Ou se maquilam com esmero, pausando às vezes para ajudar as amigas mais afoitas, que já estão se vestindo, a fechar um botão ou subir um zíper de acesso difícil. Sorriem incessantemente e tagarelam, como se a festa que as aguarda fosse seu ambiente de natural felicidade. Por isso, mais do que felizes, beiram a euforia. Talvez tenham introjetado, de um modo ou de outro, as personagens que vão interpretar, num estágio superior àquelas personagens vividas em seu dia a dia já repleto de performances inventivas. Sim, há algo de êxtase naquele ambiente. Vê-las ali tão entretidas dá a medida exata de como seu mundo extravasa a realidade mesquinha, na qual não apenas seus corpos, mas seu próprio ser ficou preso na gaiola de uma identidade, ridícula porque obrigatoriamente una. Estar ali, movendo-se eletrizadas por energia incomum, implica reconhecer e, mais ainda, celebrar a superação daquela miserabilidade implícita no seu cotidiano que tantas vezes se abate sobre elas em forma de falso destino, ou seja, legítima maldição. Para além disso, almejam fazer-se outros corpos, outras fantasias, inúmeros outros eus. Como que atendendo a um apelo misterioso, irresistivelmente chamadas para algo muito maior, tal superação do eu, para ser tantas outras, atinge seu limite na divindade. Daí o êxtase. Nesse momento, são artistas participando de uma condição tão saturadamente humana que as torna divinas. Talvez assim se explique por que, de modo tão banal e repentino, elas se encontram, definitivamente, em clima de festa. Porque viver não basta. Festejar é ali, naquele lugar e naquele momento, um gesto que supera a vida.

Perto da janela, os olhos estonteados, Abelha acompanha a cena, tentando minimizar sua impaciente espera pela chamada de Otávio.

Apesar de conhecer bem esse processo, ela não se sente tomada por nenhuma forma de êxtase. Precisa de coisas mais fortes, que a convençam como se dominassem uma fera, um monstro, ou seja lá qual for o nome que se dê ao bicho atormentado que aninha dentro de si. Nenhuma alegria, por mais duradora que seja, poderia domesticar essa que é sua condição nada divina — ao contrário, terrivelmente doente de humana insatisfação.

Então, seu celular toca, afinal. Abelha atende e ouve Otávio, *sua turminha já está pronta? Só falta o pastor ir embora, aí chamo pra vocês conhecerem o pessoal.*

Na sala de estar, onde se serve o cafezinho, o pastor Clorisvaldo já tomou dois e agora está saboreando lentamente uma bebida, com estalidos de língua. Enquanto o ouve, Otávio guarda o celular, visivelmente inquieto.

— Excelente conhaque, dr. Otávio. Não é só um maravilhoso arremate, é uma bênção de Deus.

Otávio esforça-se para sorrir, entre bajulador e caviloso:

— Parabéns pelo bom gosto, Cloris. Só mesmo um expert para perceber. Esse é um Ararat Dwin armênio, envelhecido por mais de dez anos. Dizem que foi responsável por selar o pacto entre Stálin e Churchill na Segunda Guerra Mundial.

Otávio emite um risinho formal mas descontrolado. O pastor toma um gole generoso, com satisfação.

— Bom para abrir o peito. — O pastor sorri, com ar piedoso. — Hoje ainda tenho dois cultos, no fim da tarde e à noite.

Matias e Leonilson estão por ali conversando banalidades sobre suas famílias, filhos crescendo, doenças, dificuldades nas empresas. Dr. Hermes, ligeiramente afastado, parece sonolento.

Otávio esgueira-se até José Carlos, que acabou de entrar, e lhe diz disfarçadamente:

— Me ajuda aí, o pastor tem que cair fora, pelo amor de Deus. Tá na hora de trazer o pessoal.

Dr. Hermes inadvertidamente ouve a conversa e diz:

— Pessoal? Que pessoal é esse?

— É uma surpresa que preparei pra vocês — responde Otávio em voz baixa, tentando disfarçar certo embaraço. — Um brinde da casa, pra alegrar nosso fim de semana. Depois de tanto esforço patriótico. Porque ninguém é de ferro, né? — Solta um riso metálico, incongruente.

Otávio faz sinal para José Carlos, que se aproxima do pastor, insinuante:

— Meu caro Clorisvaldo, fiquei muito impressionado com seu fino faro político neste nosso encontro. Sério, falo sério. Estamos em excelente companhia, não é, pessoal? Parabéns, cara. — Tenta imitar um bocejo, estica os braços, preguiça premeditada. — Bom, agora acho que está todo mundo querendo dar uma descansada, né? Quer que alguém te acompanhe até o carro, pastor?

Clorisvaldo, tranquilo após os drinques:

— Não se preocupe, meu caro. Acho que não dá pra me perder até o estacionamento.

— É, você precisa se apressar, o trânsito deve estar péssimo na entrada de São Paulo — responde Otávio, cada vez mais ansioso. — Com o fim de semana prolongado... sabe como é. Seu GPS está em ordem, não é? Se quiser pode levar o meu, tenho um extra aqui.

Clorisvaldo, num tom de informalidade pastoral:

— Não se preocupe, dr. Otávio. Não preciso de GPS pra chegar a São Paulo. Deus sabe me guiar.

Da sala de visitas, Otávio espia através de uma janela. Lá fora, o pastor caminha até o estacionamento, onde aciona o controle para abrir seu carro. Tira o paletó, abre a porta, entra. Otávio aguarda que ele dê a partida e manobre até a saída. Só então se tranquiliza. Enquanto volta para a sala de estar, apanha o celular, que de ansiedade quase lhe cai das mãos, *pode mandar as suas meninas, tá tudo certo por aqui.*

Otávio quer surpreender seus parceiros políticos com um presente inesquecível. Gozo sem restrições.

Sequencial 10

As Afrodites atravessam o solário e entram pelo corredor que as levará à sala de estar onde os homens tomam o cafezinho. Perfumadas, rostos descansados, lindamente maquiladas, em trajes de festa e sapatos de salto alto. Abelha toma a dianteira, abrindo passagem para seu grupo de estrelas. Está elegantíssima, num vestido semilongo de listras em estilo *op art*. Nas orelhas, clássicos brincos de pérola, combinando com o colar no pescoço, que dá um nó antes de cair sobre o colo. Na altura do átrio, todas param para a última inspeção da Rainha. Testam poses sensuais, baratas, mas eficientes na prática diária de sedução. Os trajes variam do mínimo ao míni. Aí está o vestidinho de estampas azuis de Maria Grinalda, notável pela alça que dá volta ao pescoço, como uma gargantilha, e depois se abre em duas partes na frente, criando uma fenda até o umbigo, com os seios quase à mostra e as costas nuas. O shortinho em lamê dourado realça o corpo exuberante da ruiva Gloriosa, combinando com um sutiã de *strass*, de chocante simplicidade. Lili optou por um minivestido de estampas onduladas em cor verde néon, com os ombros de fora e uma peça de chapinhas prateadas à guisa de colar. Dalila se destaca das demais por um vestido curto, de tule branco ultrajantemente transparente, com aplicações de *strass* azul-claro. O conjunto de meninas ostenta uma beleza resplandecente, com destaque para os brincos. Gloriosa, pingentes de ametista comprados numa loja de bijuterias da rua 25 de Março; Dalila, umas argolas enormes de cigana carmirandesca, é lógico; Lili, um único pingente de *strass* brilhante que cai do lóbulo esquerdo até o ombro; Grinalda, imensos brincos de estilo árabe, em tons azuis e falsas águas-marinhas. No contorno entre o átrio e a sala de jantar, Abelha dá uma parada apoteótica para a última inspeção geral. Faz pequenos retoques em cada garota, ora ajeitando um brinco ou uma ponta solta de cabelo, ora corrigindo um milímetro borrado na maquilagem. Decreta aprovação com a cabeça, sinaliza para que a sigam e avança como uma chiquérrima madame de bordel. Estilo é o que não falta a essa trupe de divas prestes a entrar em cena, para gozo dos machos que as aguardam na sala de estar.

A campainha da entrada toca. Otávio, mais sorridente mas não menos ansioso, atravessa o hall até a porta. Ao abrir, vê-se diante do que lhe parece um pesadelo. Seus olhos incrédulos veem o pastor Clorisvaldo entrar e seguir esbaforido em direção à sala de estar:

— Desculpe... eu esqueci a minha Bíblia. Se alguém viu... Eu não fico sem ela. É um exemplar de estimação...

Otávio, paralisado ali na porta, segundos antes do apocalipse que se anuncia.

Nem bem o pastor adentra o recinto, as Afrodites apontam no lado oposto da sala de estar. Os políticos reagem com surpresa entre visões inesperadas e contrastantes: a presença daquelas figuras femininas exacerbadas em colisão com a chegada do mensageiro do Senhor. Clorisvaldo estaca, embasbacado. Mais do que espanto, o que transparece em seu rosto é horror ante tal conjunção demoníaca, bem diante de si. Seu olhar de estupor denuncia que um raio de sagrada indignação o atingiu.

Otávio chega correndo e se interpõe ante o pastor. Quase sem fôlego, explica:

— Não se preocupe, Clorisvaldo. São amigas da minha mulher...

— Mas sua mulher não está em Miami com os filhos?

Otávio sinaliza furtivamente para as meninas se afastarem.

— Pois é, elas não sabiam. Pensavam passar a Páscoa aqui com a família.

Às tontas, Clorisvaldo vasculha e apanha sua Bíblia sobre a mesa de centro. Otávio insiste:

— Por favor, pastor. Não imagine coisas... Quer... quer mais um conhaque?

Enche o cálice e o empurra em direção ao pastor, que ainda não decidiu se senta ou procura palavras para seu melhor sermão.

Otávio cochicha qualquer coisa para José Carlos e se afasta rapidamente em direção ao grupo de travestis, enquanto ouve os primeiros brados, *em nome de Deus, quero saber o que significa isso!* A voz de José Carlos, *nada demais, pastor, o Otávio foi verificar o que houve com essa visita inesperada*, e insiste, *a empregada deixou essa gente entrar e não avisou, são velhas conhecidas da casa*. Sem convencer, o tom de voz de José Carlos torna-se mais aflitivo, *olha aqui, tome seu conhaquezinho, Clorisvaldo.*

Enquanto o vozerio alterado ecoa na sala de estar, Otávio para diante de Abelha e lhe pede, quase suplicando:

— Dá um jeito no cara. Tem algum troço pra botar no conhaque dele? Só pra acalmar.

Abelha abre a bolsa, retira uma pílula pequena e lhe entrega.

— É tiro e queda! O cara vai ficar na dele até amanhã.

— Saiam. Voltem para o salão, rápido. Tenho que resolver esse pepinaço.

Clorisvaldo encontra-se em posição quase transitória, inexata, ali meio recostado, meio deitado numa poltrona da sala de estar. Tem o olhar estranhamente desconectado, como quem está presente de corpo, mas o espírito vaga distante. Ao seu lado, José Carlos destila excitação na maneira compulsiva com que funga e coça o nariz, por entre gestos desconexos. Matias ri contidamente, os olhos brilhando de expectativa. De súbito, dr. Hermes se levanta e caminha para o fundo da sala. Leonilson sai atrás dele, seguido por Otávio, que tem um mau presságio. Encontram Hermes amuado, num canto.

Leonilson, insistente:

— Não é motivo para tanto, Hermes.

— Ô, Hermes, não é nada demais — reforça Otávio. — É uma turminha do bem, gente de confiança. Eu garanto que não vai ter... não vai ter problema, cara. Eu conheço bem... Eu até... eu... eu sei como é... o lance.

Hermes, convicto:

—— É uma indignidade, isso sim! Pense na minha posição. Trazer para cá esses... esses degenerados.

E Otávio:

—— É que está todo mundo cansado. A gente trabalhou pra caralho, não é brincadeira cuidar do Brasil, concorda? Precisa relaxar um pouco. Sabe como é... Eles são artistas, vão dar um show pra divertir a gente, porra. Ninguém é obrigado...

Hermes, revoltado:

— Artistas uma ova! Esse é o pior dos pecados...

Leonilson não se contém:

— O que é isso, Hermes? Dando uma de freirinha pra cima da gente?

— Mas, Leo, compreenda... Um ex-ministro como eu não pode correr esse tipo de risco... Eu tenho um passado a zelar.

— Pô, cara! — continua Leonilson, inclemente. — Você não pode carregar esse teu passado como um estigma pro resto da vida. Esquece! Brasília ficou pra trás faz tempo. O negócio é relaxar. — Chega-se afetadamente e abraça o velho. — Vai dizer que não gosta da coisa. Vai, diga lá... Memeia.

Otávio ouve, surpreso com o tom. Olha para Leonilson, sem esconder o choque.

— Porra, Leoni, pegou pesado.

Dr. Hermes encolhe-se constrangido e baixa a cabeça, balbuciando:

— Não faça isso comigo, Leozinho.

Com ar de paciência limitada, Leonilson respira fundo:

— Essa sua arrogância me enche o saco, porra.

Otávio vai fazer um comentário, retrai-se, olha para os dois e, com um sorriso oblíquo, retira-se.

A cozinha está arrumada, cheiro de limpeza. Otávio conversa com os caseiros, d. Odete e seu Zito. Percebe seus olhares de perplexidade, mas insiste:

— Não é nada do outro mundo. É só... aproveitem o feriadão, só isso. Estão precisando tirar uma folguinha com os familiares. Sabem como é, Páscoa, toda família curte. Faz bem de vez em quando, não é?

— Mas e a comida, doutor?

— Isso é o de menos, Odete. Você já deixou tudo preparado. Se precisar, tem mais comida no freezer, não tem?
— E a louça suja?
Zito, preocupado:
— E os cachorros, doutor?
Otávio dá sinais de impaciência:
— Não se preocupem, está tudo sob controle, eu estou dizendo. Vocês precisam de um descanso. Isso não se discute mais. — Entrega-lhes algum dinheiro. — Na mesa da copa deixei uns ovos de Páscoa e bolo pra todo o seu pessoal. Tá aqui um extra para a gasolina e se quiserem comprar mais ovos pra garotada. Podem viajar tranquilos. Logo que a nossa reunião acabar, eu aviso por celular. — Pausa tensa.
— Então estamos combinados? Feliz Páscoa.

Sequencial 11

No salão de cinema, os políticos mudaram de roupa, aparentemente banhados. Alguns usam bermudas. Sentam-se muito à vontade nas poltronas dispersas por ali. Otávio apresenta os hóspedes para Abelha, postada ao seu lado:
— Aquele é o dr. Hermes, grande empresário e ex-senador. Este é o jornalista José Carlos. Este, o Leonilson, o nosso belo Leoni. E aqui, o Matias, grande escritor. Tudo gente da melhor qualidade, unidos para formar o melhor partido do Brasil. — Agora apresentando Abelha. — Pessoal, aqui está o Marcão — ri, blefando da sua troça — ... Desculpe, a Vera Bee, também conhecida como Abelha Rainha. É gente fina, fina mesmo, posso garantir. Foi quem trouxe a turminha linda que está lá atrás. Ele é professor de... semiótica na universidade. — Ri, sem conseguir se conter. — É semiótica, né?
— História da arte... — responde Abelha, pouco convicta.
— É isso, dá aulas de arte. — Otávio fica ainda mais agitado. — Nas horas vagas, é esse dragão maravilhoso que vocês veem. — Cochicha artificialmente para José Carlos, de modo que todo o grupo ouça. — E é famoso pelo cacete... — Ri, bem cafajeste.
Denotando constrangimento, Leonilson olha para o dr. Hermes, que se encontra obviamente incomodado, numa poltrona mais afastada.
Abelha, com forjada naturalidade:
— Ai, que mentira, Tavinho. De bem-dotado, só meu pé. Olha a lancha. — Ela mostra o sapato de salto alto. — Você está me confundindo com a Lili... Vem cá, pessoal.
As Afrodites se aproximam, cheias de graças e sorrisos, num desfile informal.
E Abelha, mistura de hostess, agente e caftina:

— Esta é a Lili Holiday... Grandona, como eu disse. Um espetáculo à parte. — Com as mãos, faz menção à generosa medida genital. — Esta outra lindeza é a Maria Grinalda, toda redonda, gostosa, verdadeira Mona Lisa... Esta aqui... vem cá, menina... esta é a Gloriosa de Orléans, olha só a beleza exótica dessa ruiva aristocrática, de deixar qualquer um louco. E aqui, uma sensação tipicamente brasileira, direto do Ceará, a Dalila Darling. Nem José de Alencar... o escritor, não o nosso vice-presidente... imaginaria tanta beleza, né?...

Matias abandona seu ar durão e ri, ainda hesitante, mas quase integrado. Clorisvaldo tenta se levantar, não consegue. Abre a Bíblia, às tontas, folheia, para, gestos aleatórios, entre ansiedade e confusão. Apaga.

No telão do *home theater*, apresenta-se um filme pornô. Duas mulheres se beijam. Seus gemidos, de tão falsos, lembram miados. Um ator de pênis ereto chupa os peitos de uma e depois de outra, com aquela falsa convicção de maus intérpretes legítimos. Os políticos já estão bêbados ou chapados. Leonilson, visivelmente alterado, agita-se na tentativa de conter seu entusiasmo, talvez por causa do dr. Hermes, que continua no seu canto, arredio e constrangido. José Carlos e Matias, bem à vontade, gritam de excitação. Otávio, numa alegria postiça, abre toda a camisa, ri das cenas e às vezes olha de modo insinuante para as monas que estão mais atrás, um pouco separadas. Fazendo caras e bocas, elas mandam beijinhos, à espera do momento exato de irromper em cena. Otávio sinaliza para Abelha, cochicha qualquer coisa ao seu ouvido. Abelha ri, vai até sua bolsa e traz mais um punhado de pinos cujo pó quase brilha.

Abelha, advertindo como quem brinca de ser séria:

— Manera, senão logo logo seca a fonte, Tavinho!

— Que é isso, meu amor! Tá parecendo bronca da mamãe. Vem cá, vem. Dá um beijinho. — Desnorteado, Otávio emprega um tom de voz abusivo, como quem dá ordens, mesmo quando apenas comenta. — Este Marcão... era fera na faculdade. A gente aprontava todas, né, Marcão? Era ele quem me passava cola para as provas... e outras coisinhas mais...

Enquanto Otávio a agarra, Abelha dá-lhe um beijo amigável na boca:

— Pois é, desde aquele tempo você já era chegado, né? — Abelha faz um gesto escrachado de cafungar, tapando uma narina. — E também fumava todas. O meu exemplar das poesias completas de Fernando Pessoa, lembra? Em papel-bíblia! Um dia encontro você arrancando as páginas pra enrolar baseado... Tive vontade de te matar, Tavinho!

Ambos riem. Otávio passa-lhe a mão na bunda.

Otávio, com gestual esdrúxulo:

— Ah, meu bem, então vai e abastece lá o banheiro com mais brilho. Assim a turma pode se servir à vontade. — Depois cochicha só para ela. — Melhor o Hermes não ver... Ah, e não esquece de dar mais um trato no pastor.

Abelha, que tudo controla, olha firme para as travestis, com vago gesto de cumplicidade. Elas compreendem. É a senha para a cortina se abrir, no tempo exato de desfazer os laços do pacote e revelar detrás do biombo desejos tantos, dos mais evidentes aos imprevistos, ou inconfessáveis. Levantam-se e invadem a cena, em poses lascivas, precedidas por seus perfumes hipnóticos, perfeitos para adensar a libido do ambiente. Gloriosa vai direto ao ponto, *e aí, gatão?*, e se esfrega em Otávio, que mal contém um uivo de tesão. Lili envolve Matias devagar, arrodeando com pequenos toques, *oi, meu bem*, provocando, *você é o tipo do macho que eu adoro*. Dalila vai até o dr. Hermes, que a empurra, levanta-se e foge para uma poltrona mais distante. Grinalda aborda José Carlos, que responde sôfrego, *vem cá, gostosa, senta no colo do papai*. Dalila não se aperreia, aproxima-se de Leonilson e, como gata dengosa, levanta uma das coxas junto à sua boca. Com olhar ávido, dr. Hermes não perde nada. Quando Leonilson, meio bêbado, meio chapado, agarra Dalila e a beija, o recato de Hermes não consegue conter um esgar momentâneo, um mal contido tremor, como se algo quisesse saltar de dentro, um jato de lascívia em estado puro, armazenada e fermentada por anos de aconchego familiar.

Ao fundo, um Clorisvaldo cambaleante parece voltar a si. Brandindo sua Bíblia meio amassada, vocifera uma revolta pouco convincente:

— Eu disse e repito. É um acinte. O pior dos pecados, a abominação do sexo contra a natureza. Eu não admito a palavra de Deus... atropelada. Está aqui na Bíblia... capítulo... ahnn... capítulo, versículo... ahnn...

Para manter o bom ritmo da cena, Abelha vai até o banheiro da sala de jogos, ali perto. No chão, pisa em cápsulas de plástico vazias. Sobre a pia, encontra um cestinho de vime, que provê com novos pinos de pó. Logo atrás entram Matias e José Carlos, que preparam o ritual com um caminho da branquinha sobre o mármore da pia, e se revezam aspirando forte num canudinho de nota de cem reais, *uau, demais, demais,* funga Matias, estalando os dedos, enquanto José Carlos se curva para seu turno no brilho e logo depois, eufórico, *porra de tiro legal,* sai desarvorado. Matias ainda junta o restinho do pó com o dedo e esfrega na gengiva.

Abelha prossegue em seu roteiro. De volta ao salão de cinema, vai para os lados do pastor, que se encontra agarrado à sua Bíblia e a um copo de cerveja. Abelha, sedutora, *aleluia, irmão, a fé no Senhor é minha guarda,* o pastor olha desconfiado, ela insiste, *a fé e a caridade andam juntas, não é, irmão?* Sem que o pastor perceba, Abelha joga um comprimido em seu copo. Vira-se e sai, sem se dar conta de que, em seguida, Clorisvaldo esbarra no copo e derrama toda a bebida, em parte sobre a Bíblia, em parte no chão.

Matias, carregado no brilho, começa a falar mais alto. Toma grandes goles de uísque, ansioso para multiplicar o efeito do pó. Longe do seu antigo controle, proclama para toda a humanidade, enquanto apalpa Lili:

— É isso que eu sempre quis, porra. Orgia grátis pra toda população brasileira. A democratização da orgia, caralho. Mas o povo não quer. O povo... Que se foda o povo. Vem cá, travecão, vem!

Leonilson puxa Dalila para o seu colo. Quando se desvia do beijo que ela vai lhe dar na boca, vê-se cara a cara com Hermes, olhos esbugalhados à beira do pânico:

— Vocês estão loucos, Leonilson? Se esqueceram de que... a aids, esses homossexuais estão todos doentes de aids.

Leonilson, esforçando-se na paciência persuasiva:

— Que nada, Hermes. Amanhã ninguém mais se lembra. Você tem andado muito tenso com as fazendas. Aproveita, vai!
— Não é tão simples assim, Leo. Eu tenho meus princípios... — diz Hermes, meio choramingão.
Leonilson empurra Dalila e se levanta, incomodado:
— Porra, velho, justo você que nem precisa se esforçar pra curtir uma... — Faz gesto obsceno de pau duro.
Dr. Hermes altera a voz, em súbita indignação:
— Cale essa boca, Leonilson. Ademais, isso não é brincadeira inocente porra nenhuma! Eu tenho responsabilidade, esqueceu? A família, meus filhos! Minhas empresas. E a minha honra... o meu passado ilibado.
Leonilson, descontrolado:
— Caralho! E lá vem você, de novo. Passado ilibado? Que conversa é essa, Memeia? Antigamente você era quem mais gostava disto.
Leonilson aperta os genitais sob a calça antes de virar as costas e sair em direção ao banheiro.
Clorisvaldo se põe a gritar, brandindo a Bíblia encharcada diante de José Carlos, que chupa os peitos de Grinalda:
— De joelho, de joelho, Satanás, põe as mãos para o alto e ora ao Senhor. De joelho, o Senhor é quem ordena, de joelho! Vou exorcizar este lugar de pecado. Sai deste corpo, capeta, e deixa Jesus purificar a alma deste pecador. Sai, quando eu der um sopro, sai, capeta!
José Carlos empurra Grinalda de lado e pula da poltrona, enfurecido. Com voz tonitruante, aponta o dedo para Clorisvaldo, contendo-se para não ir ao ataque físico:
— Quer saber? Enfia esse teu capeta no cu, ô pastor! Já encheu o saco. Isto aqui não é a sua igreja, porra. Pelo menos uma vez na vida saboreia o que é bom. Um cuzinho apertado nunca matou ninguém.
Todo o salão fica paralisado, momentaneamente. Só o filme continua rodando, com seus gemidos impostados. Clorisvaldo e José Carlos saem do salão discutindo, *vai chover enxofre sobre esta nova Sodoma*, e já no corredor, *Sodoma é o teu cu, pastor*. E Clorisvaldo, *glória a Deus, glória a Deus, glória a Deus*, feito disco enroscado, e José Carlos, *vai se foder, porra*. Otávio sai atrás deles. As Afrodites olham perplexas. Hermes segue os que saíram, magoado, indignado. Sem saber o que fazer em meio à confusão, Abelha perde o controle da cena.

Apenas Matias continua, agora com Gloriosa, tentando recuperar o pique. Em vão. Ali, o tesão promete, mas não goza. Brochada total.

De volta ao salão de cinema, um Otávio tenso chama Abelha Rainha de lado:
— Não vai dar mais, porra.
— Não vai dar, o quê?
— Deu merda geral, Vera. O pastor está lá, viajando, descontrolado, berrando, não para de citar a Bíblia. Pior ainda quando ele acordar da viagem. E o resto do pessoal, então... lá no banheiro. Bateu a maior noia. Medo da aids, você entende?
Abelha, chocada:
— Como assim? Você não explicou que hoje em dia não é mais assim?
— E adianta explicar? O Hermes está em pânico... cheio de chiliques, chorando. Eu sabia que esse velhote é um caso complicado, mas não achei que... Agora, o Leonilson e até o José Carlos começaram a dar pra trás. Estão... arredios. Não querem saber de mais nada. Bateu a maior noia de padê nos caras.
— E o show, Tavinho? A gente preparou o melhor possível.
— Ih, Vera, esquece. Não tem clima pra show nenhum.
— Mas... e a gente? Eu trouxe as meninas à toa?
— Não se preocupe, Vera!
— O que eu digo pra elas sobre o nosso acerto?
— Nisso a gente dá um jeito. O que eu não posso é obrigar essa gente... Sabe como é, uns se divertindo, outros não. Fica chato! O legal seria todo mundo embarcar... Então, melhor não forçar a barra, tá? É isso, por hoje.
Abelha tem um instante de hesitação:
— E o que a gente faz, então?
— Melhor não abusar. Nós temos que resguardar a coesão do nosso partido. Pensei... pensei...
Otávio faz uma pausa. Acha uma solução. Abre um sorriso meio cafajeste:

— Vocês fazem uma orgiazinha pra gente ver, que tal? E todos se divertem.
— Como assim? Nós quem?...
— Façam entre vocês viados. Assim garante que não passa aids pra ninguém.

Otávio sorri, sarcástico e determinado, como se tivesse tido uma ideia genial, portanto, inquestionável.

— Mas, Tavinho. Nós somos irmãs!
— Então façam um incesto legal pra gente, Verão. Eu pago, porra.

Sequencial 12

O salão de cinema está em silêncio, cortinas cerradas, quase tudo às escuras. Acendem-se algumas luzes na parte dianteira. Tão logo se ouvem os primeiros acordes de uma música melíflua e supostamente erótica, os políticos recostam-se nas poltronas, dispostos a saborear o espetáculo. Não é preciso um exame rigoroso para notar que estão chapados. Menos o pastor Clorisvaldo, que dorme na *chaise longue*. E o dr. Hermes, no fundo do salão, de olhos bem abertos, ainda que pareça distante dali. Sob o foco de luz, os rostos duros das Afrodites irrompem, um a um. São rostos posados, de personagens meio grotescos e caricaturais. A improvisada coreografia baseia-se num gestual estereotipado, postiço. Apesar de se esfregarem entre si e começarem a tirar as roupas, não há nada de sedutor em seus movimentos desencontrados. Parecem irreais.

De início, os espectadores acompanham com olhos ávidos. Mas logo se dão conta de que não há veracidade na cena. Começam a denotar desinteresse e se movimentam, incomodados.

Matias sorri complacente. José Carlos, que já começava a se masturbar, grita, visivelmente insatisfeito:

— Tira a calcinha, porra! Quero ver tudo!

As travestis não atendem, exceto Dalila Darling, que ao terminar de se despir não ostenta o pênis, bem preso atrás.

Otávio abre as calças e tenta se masturbar. Em vão.

Mesmo com a música crescente, o striptease coletivo vai se revelando tosco. As travestis movem-se sem entusiasmo, representam de modo desajeitado e artificial, com apelo sexual zero.

No local, o tesão não engrena. Instaura-se o fiasco.

José Carlos vira-se para os lados de Otávio:

— Que merda é essa, cara?...

— É, essa porra tá um saco! — Otávio tartamudeia.

Matias grita para as atrizes, em tom de vaia:
— Isso tá pior que pornô fulero, porra.
Leonilson não diz nada. Sempre amarfanhando o pau, ostenta um ar malandro, como quem aguarda a presa até um desfecho favorável.
Matias fica ainda mais agitado:
— Quero festa, caralho! Agito, putaria, suruba geral e irrestrita. Cadê?
Grinalda e Gloriosa, visivelmente contrariadas, esgueiram-se para a varanda que serve de bastidor. Como no salão se iniciam assobios de vaia, Lili e Dalila saem de cena a seguir. Abelha vem juntar-se a elas, na tentativa de resolver uma situação que se torna ainda mais premente quando as encontra indignadas.
Lili vem à frente:
— Caralho, Abelha! Essa é a suruba que você prometeu? Agora a gente vai ter que fazer sabão entre amigas? Que merda! Nem os bofes estão gostando, quanto mais a gente.
Seguida por Grinalda:
— Faz favor, né, Abelha! A gente agora vai ter que dar uma de lésbicha?
E Gloriosa:
— Eles forçam a gente e depois... Tão pensando que a gente é o quê? De ferro?
Dalila põe o prego final:
— Assim, nem com viagra.
Quando Otávio irrompe na varanda, seguido a curta distância por José Carlos, fica claro que não há mais tempo para soluções improvisadas. Ao fundo ainda se ouve a música, secundada pelos gritos de Matias, no salão. Chapadaço, Otávio dá uma risadinha cínica, enquanto fala:
— Ô Vera, foi divertido, mas já encheu o saco. Sabe como é, com esse pessoal caretão não vai rolar mesmo.
José Carlos, apalpando Grinalda:
— Que caretão porra nenhuma! Se não dá pra foder, eu quero gozar. Chupa aqui, viado! Quero gozar na sua boca.
José Carlos puxa Grinalda para si, sem intenção de disfarçar o gesto violento. Grinalda revida com uma cotovelada. Então, deflagra-se

tudo o que não seria desejável numa noite com desenlace imprevisto. Otávio determina o golpe fatal, quando alça a voz, em tom senhorial e para lá de cafajeste:

— Negócio seguinte, Marcão. A festa acabou. Vocês podem voltar pra São Paulo, que ainda tem a noite inteira pra bater calçada por lá. É, tem sempre gente procurando traveco em véspera de feriado. Entendeu?

Otávio vai se retirar, mas se volta, como quem lembrou, e tira um cheque do bolso:

— Ah, aqui está o pagamento de vocês.

Ele começa a atravessar a varanda, de volta ao salão. Abelha confere o cheque. Seu rosto se inflama, e repentinamente aparece ali uma fera lívida, incontida. Sai atrás de Otávio e o segura, aos gritos:

— Venha cá, Otávio! Não foi esse o preço que nós combinamos. Em todas as festas que você me contratou, eu sempre cumpri com minha palavra. E agora você vai me sacanear? O que eu digo pras meninas?

Otávio se desvencilha dela, com rudeza. No tom mais sarcástico de que sua arrogância é capaz, fala bem diante do rosto de Abelha:

— Explica que eu ia pagar o dobro. Mas elas não têm talento nem pra uma suruba, porra. E depois, quer saber? O pó não era assim tão bom como você prometeu, estava batizado pra caralho. Tive que encher a cara de uísque, porra. Eu não te devo mais nada, Marcão.

— Com menosprezo, completa: — E olha que estou sendo generoso.

Enquanto Otávio vai adentrando o salão de cinema, Abelha o persegue, enfurecida:

— Era o dobro. Mas agora você vai ter que pagar o triplo.

Otávio para e lhe aponta o dedo na cara:

— Fica na tua, Marcão. Não fale assim com um macho como eu. Quem dá o preço aqui sou eu, caralho.

— Ah, você vai me desafiar?

— Nem vem, Marcão. Aqui é o macho alfa quem bota ordem no pedaço. Não vou baixar a guarda pra viado nenhum, porra.

Maria Grinalda vem atrás, assediada com insistência por José Carlos, que quer apalpar suas tetas. Grinalda o empurra, ele a agarra à força, pela cintura. Ela se debate:

— Larga de mim, viado!

José Carlos parece ter levado uma paulada:
— Como é que é? Não sou da tua laia, seu filho da puta!
Agarrada pelos cabelos, Grinalda revida com os cotovelos. Recebe um tapaço que a atira para longe.

Lili, que os seguia de perto, interpõe-se com um gesto imediato e preciso. A lâmina de sua navalha brilha no ar por um instante e risca de alto a baixo a cara de José Carlos. Um fio de sangue brota-lhe do rosto, acompanhado de um grito de dor, *que porra é essa, viado filho da puta?*

O gesto de Lili é como uma senha para a rebelião. Sapatos de salto alto voam para todo lado. Na sala e na varanda, as travestis se transformam em feras. Estão possuídas por uma Pomba Gira coletiva, de energia brutíssima.

Otávio se assusta. Vira-se para botar ordem, *isto aqui é a minha casa, porra*. Dá de cara com Abelha, que lhe desfere um soco, fazendo-o cambalear.

Travado de tanto pó, no meio do salão, Matias olha para todos os lados, sem entender, *porra, cadê a suruba, eu vim aqui pra putaria, porra*.

José Carlos corre desnorteado pelo salão. Rosto escorrendo sangue, *que porra é essa, caralho, esses viados ficaram loucos*.

Leonilson, que só agora se deu conta da confusão, corre para acudi-lo, tentando fechar a calça recém-melada de porra. Lili e Dalila desabam sobre ele e o dominam.

Em parceria com a navalha de Lili, do nada aparecem estiletes de fino corte, desembainhados pelas Afrodites. Agora guerreiras. Senhoras das suas armas.

Gloriosa, por fina, defende-se com seu spray de gás de pimenta, arranjado só Deus sabe onde. Faz imediato uso dele quando Clorisvaldo vem chegando aos gritos, meio trôpego, *eu preveni, não se brinca com Deus, é a guerra do Senhor!* Tsssssh! Atingido em cheio no rosto, o pastor cambaleia. Uiva e tosse. Os olhos em fogo.

Abelha reage como dez demônios somados. Empurra Otávio para o centro do salão. Confronta-o aos berros:
— Seu burguesinho filho da puta, essa eu não vou perdoar nunca! Pensando que a gente é otária? Ou você me paga o que deve, ou o seu partido vai pra merda. Nenhum de vocês sai vivo daqui.

Possuída por todas as fúrias, Abelha desfere-lhe uma joelhada no meio das pernas. Alvo atingido, Otávio urra. Estupefato ante a dor imprevista, ele se curva sobre si mesmo. O pavor lhe enrijece os membros. O único movimento em seu rosto são os tiques da noia que bateu, sem controle. Encara Abelha de baixo para cima. Geme alto, repetidamente.

Os homens se amontoam num canto do salão, junto à tv. Defensivos, acossados.

Leonilson, ainda surpreso:

— Que porra de baixaria é essa, Abelha?

É então que Menininha vem chegando. No momento exato, estende uma pistola a Abelha. A Beretta rebrilha, apontada para o grupo.

Matias, voltando a si:

— Porra, cara, não brinca com isso não.

Abelha grita, súbita dominatrix:

— Pois é, não estou brincando, não! Vocês quiseram briga, pois se preparem! Tem bala pra todo mundo. — Toma fôlego, com a arma na mão, apontando firme. — Daqui ninguém sai. Vocês se considerem prisioneiros, enquanto não soltarem a grana que devem. E o preço quem vai impor somos nós. — Limpa a voz, sarcástica. — Não se preocupem, isto é só uma prisão domiciliar.

É então que Lili, numa percepção intuitiva, berra:

— E o velho, caralho! Cadê o velho?

As meninas saem correndo pela casa, em perseguição desenfreada ao dr. Hermes.

Dalila Darling dirige-se para os lados da área de serviço.

Gloriosa de Orléans corre pelo corredor central do átrio.

Lili Manjuba dispara em direção às salas da frente e vê logo adiante o ex-senador entrando trôpego no salão de reuniões.

Lili o alcança. Aproxima-se por detrás. O velho tenta nervosamente digitar um número. Recebe um tapaço tão violento que o celular voa das suas mãos. A navalha encostada ao pescoço do dr. Hermes, Lili esmaga o celular com um pisão.

De volta ao salão de cinema. O velho puxado pelo colarinho. Nos cabelos de Lili, a mecha rubra parece em chamas.

Encontram-se as três no corredor. Regressam bufando, um grupo de feras treinadas. Abelha as recebe, solidárias na luta comum:

— É isso aí, bichas. Tem que ficar de olho nesses safados.

Lili empurra Hermes para o grupo dos homens. Acuados, eles se entreolham com medo indisfarçável, sem ação. Desconheciam a dimensão daquela força primitiva. Que acabam de experimentar.

Ao fundo, as lamúrias de Clorisvaldo ecoam, *misericórdia, Senhor, que eu pequei, misericórdia,* ainda sem conseguir enxergar, por força da arma apimentada de Gloriosa.

Há uma pausa, mas sem trégua. Apenas continuação da batalha. Abelha ordena:

— Agora vai todo mundo depositando os celulares. E não adianta esconder. Quem tiver mais de um, a gente descobre... E castiga, entenderam?

Abelha e sua pistola acompanham Menininha, que passa com uma sacola. As outras garotas apalpam os bolsos, homem por homem, e fazem a coleta.

Clorisvaldo, ainda delirante, tenta ir embora. Dalila o agarra e empurra para o meio do grupo. Tira-lhe o celular e joga na sacola comum.

Leonilson olha para os lados, matreiro, inconformado. Aproveita um momento de distração e corre em direção à porta. Antes de alcançar o corredor, um chute de Lili o derruba. É arrastado de volta.

Com perfeito senso de sintonia, Maria Grinalda aparece, um rolo de cordão de nylon nas mãos.

Começam por amarrar Leonilson. Depois Matias. Depois Hermes, que choraminga. E Clorisvaldo, cantarolando, *o Senhor é meu pastor, nada me faltará, guia-me mansamente.* E José Carlos, olhos suplicantes em meio ao sangue, *porra, façam alguma coisa, eu não quero morrer.*

Abelha decide ela mesma amarrar Otávio, que reluta um pouco, mas cede, intimidado pelo rosto da Rainha. Transfigurada, desvairada, os olhos projetados para fora das órbitas, quase uma louca.

As meninas se juntam. Examinam o pacote humano. Respiram, aliviadas.

Lili aproxima-se de Abelha e provoca:

— Como eu dizia, viado, civilização sem grana é uma coisa muito uó!

Tão naja que parece prestes a dar um bote, Abelha cospe as palavras uma a uma, ao responder:

— Não me subestime, Lili Manjuba. A festa ainda não acabou. Aliás, só começou. Até segunda ordem, quem manda aqui sou eu. Eu sou a maestra. E a DJ. Eu imponho o ritmo. A senhora dance conforme a minha música. Aliás, foi assim até hoje, não foi? E deu certo. — Vai sair, vira-se para trás. — E depois, o bom da civilização é que ela in-fa-li-vel-men-te adora grana, Lili. Só precisa saber onde estão os cofres desses políticos filhos da puta. Seja onde for, é pra lá que a gente vai. Juro pela alma da minha mãe.

Abelha posta-se dramaticamente no meio da sala. Pistola à mostra, passa comandos à sua tropa, com noção precisa do campo de batalha.

— Dalila, você vai trancar todas as portas e me traga as chaves. Lili, Grinalda e Gloriosa vão atrás de todos os celulares, tablets, notebooks por aí. Comecem pelas roupas e vasculhem a casa toda, malas, gavetas, armários, tudo. Não esqueçam de checar se não tem celular carregando nas tomadas. Ah, peguem também os documentos e cartões de crédito. Todos, de cada um. E apanhem os walkie-talkies do segurança, tem vários por aí. Recolham tudo e levem para o meu quarto. Menininha sabe o que fazer com eles. — Depois de uma pausa. — Ah, Lili, apanhe o molho de chaves detrás da porta da copa. Se tiver mais de um, me traga todos. Mais tarde a gente dá um jeito no alarme da casa. Outra coisa importante: de agora em diante banheiro vai ficar tudo de porta aberta. — Olha para José Carlos, que ainda segura a cara sangrando. — Menininha, vai arranjar um curativo pra esse vagabundo aí. Não quero ver as tripas do bofe saindo pela cara. Sempre detestei bucho.

Os homens olham abestalhados.

Abelha se retira, arma em punho, como uma valquíria no cio.

Sequencial 13

Menininha insiste em oferecer os antirretrovirais, num pires. Recostada no canapé de sua suíte, Abelha se comporta como quem não os vê. Tem restos de sangue coagulado nas narinas, tiques de impaciência repuxando-lhe as faces.

Sobre a mesa, um canudinho ensanguentado, em meio ao que restou de vários pinos de plástico vazios. Abelha se levanta. Pensa agitada. Gestos inconclusos. Olhar errático.

— Preciso redobrar os cuidados pra ninguém ligar o alarme da noite. Tem sensor no terreno inteiro. Nunca se sabe... O segurança... o segurança precisa cair fora, o mais rápido possível, você não acha?

Ainda oferecendo os remédios, Menininha faz sinal positivo com a cabeça. Abelha anda nervosamente pela suíte, ignorando o pires diante de si.

— O cofre... O filho da puta do Otávio tem que abrir. Vamos ver se dentro tem algum pra gente. Algum tesouro...

Ri, incongruente.

Desestimulada, Menininha guarda os medicamentos.

Abelha se lembra:

— Você precisa esconder o que sobrou do padê, ouviu bem? Não quero bicha nenhuma cafungando fora de hora.

Menininha apanha a bolsa de pinos restantes, em busca de algum esconderijo. Na passagem, Abelha apanha mais um, abre a tampa, aspira fundo por uma narina, até o padê desaparecer no seu abismo.

Cambaleia até a poltrona, onde se senta.

— Uau! Que tiraço, menina. Esse me tirou da casinha. Peraí...

Segundos depois, levanta-se automaticamente. A bateria já recarregada. Agita-se ainda mais.

— Ai, caralho, eu ia me esquecendo. Tem que recolher as chaves

dos carros. Como é que não me dei conta disso? Me lembre mais tarde, viu, Menina?
Dá uns passos estranhos, entre vacilo e dança de quem carregou demais no brilho. Mordiscando o lábio inferior, de modo incontrolável, emite ordens, enquanto gesticula para toda a suíte.
— A gente precisa fotografar cada um desses filhos da puta. Em situações comprometedoras, com certeza. Pra ter como negociar. Ou eles dizem onde está a grana ou... esses filhos da puta vão se ver... na internet. E se for o caso, a gente até filma, tá me entendendo? Deixe a câmera pronta e carregada, Menininha.

No salão de cinema, as travestis estão mais calmas, depois de arrumar o local e reforçar as janelas fechadas. Os políticos permanecem amarrados, cada qual numa poltrona. José Carlos agora ostenta um enorme curativo no rosto, e parece mais recatado. Matias cochila. Talvez desmaiado. Leonilson tem o rosto carregado de presságios. Otávio, abatido. Olha para Lili, que à sua frente apara as unhas das mãos com a navalha. Quase inocente, quase insidiosamente lúdica. Hermes treme. Suando frio. Balbucia, quase para si mesmo, medos e presságios dissimulados em súplica:
— Eu só peço uma coisa, que Deus me conceda o milagre de levar comigo no caixão uma das minhas fazendas. Só uma, não mais. Eu até já escolhi qual.
Abelha entra, seguida de Menininha. Vem imponente. Forças recompostas após novo banho. Apesar do aspecto doentio, comunica com voz firme para o público presente:
— Bom, muito bom, gentem. Pra vocês saberem: as chaves da casa e dos carros já foram recolhidas. Os celulares estão bem trancados. Daqui ninguém sai. Vocês monas vão se repartir tomando conta dos bofes. Vamos passar o fim de semana aqui, se necessário, até a bufunfa aparecer. Dobrei o nosso preço. — Olha o entorno, vagamente pérfida. — Aliás, a gente não tem mais preço, né, meninas? Vamos pegar toda a grana que esses caras esconderam. — Volta-se para o lado dos homens, calculista. — Além da dívida com cada uma das meninas, vocês me devem a conta da cocaína. E a minha comissão, nem se fale,

né, dr. Otávio? Agora, depende de vocês aí, bando de macho alfa, entregarem a encomenda. Quanto mais cedo desovarem, melhor. É um assunto que vocês entendem bem: grana, prata, bufunfa, gaita, dinheiro, como preferirem. Senão a gente passa a faca no pinto de cada um e acaba com essa macheza toda. — Não contém um risinho maldoso. — E não é qualquer dinheirinho escondido na cueca não, entenderam? — Faz uma pausa, senhorial. — Ah, eu vou insistir mais uma vez: não adianta querer avisar a polícia nem a família. Nem o guarda do portão. Não tem jeito. Vocês são reféns de segurança máxima. — Nova pausa, teatral. — Dentro de quinze minutos o jantar será servido, senhorassss.

Abelha sai cantarolando *money, money, money* com a voz postada numa versão pobre, e bem mais lacraia, da Liza Minelli.

As janelas estão fechadas. As cortinas, cerradas. As portas, trancadas. Por todo o Solar das Rosáceas espalham-se fiapos de presságio, sobrepairando os móveis. Arremedo de miasmas. Através do pátio interno, vê-se um céu estranhamente escuro. Sem lua nem nuvens, um céu sem céu. Lá fora, os cães estão quietos, depois que Menininha os alimentou.

Na copa, em torno da mesa, jantam as Afrodites e seus prisioneiros. Não se trata de uma família feliz. Vigiados sem descanso e provisoriamente desamarrados, os políticos comem com visível desconforto, apesar de famintos. Ouvem-se os ruídos pesados de talheres nos pratos, mimetizando pensamentos que martelam artimanhas e possibilidades de fuga. As meninas, por sua vez, perderam boa parte do humor, preocupadas com o desenlace da empreitada. Talvez só nos presídios de segurança os pensamentos tenham tanto peso. Não fosse por uma rádio que transmite notícias, na cozinha ao lado, o silêncio temperado por medo e apreensão seria ensurdecedor.

No rádio, ouve-se a voz do repórter:

... marcando presença das Forças Armadas do Brasil no cenário mundial, desde 2004. À frente das tropas de outros quinze países, o general Floriano Peixoto Vieira Neto deve comandar a missão militar de paz das Nações Unidas no Haiti. O ministro das Relações Exteriores, Celso Amorim, esteve recentemente no país para dar apoio às tropas brasileiras.

Menininha trabalha incansavelmente, de um lado para outro. Corta pedaços de um bolo, que vai colocando em pratinhos para levar à copa.

Agora no rádio a voz é do professor entrevistado:

... um país de destaque dentro dos BRIC. Nossa presença no Haiti é parte da política externa do presidente Lula de firmar o Brasil como potência internacional. Para isso, reivindica que o Brasil ocupe vaga permanente no Conselho de Segurança da ONU, reivindicação também da Índia...

— Ai, por favor, Menininha — grita Abelha, da copa. — Ninguém merece ouvir essa merda da *Voz do Brasil*. Desliga esse rádio, vai.

Na cozinha, Menininha ouve. Desliga o rádio. De avental, ajeita os pratos de sobremesa numa bandeja.

O interfone começa a tocar.

Na copa, sente-se um tremor geral. Um garfo cai.

O interfone insiste. Menininha olha fixamente o aparelho na parede. Paralisada.

Otávio vem entrando na cozinha, cuidadosamente. Atrás dele, Abelha mantém a pistola Beretta .32 encostada em sua têmpora. Otávio apanha o interfone. Atende, a princípio hesitante.

Na guarita da entrada, um segurança fala ao interfone, enquanto o outro ajeita sua mochila no chão.

Flavião, rosto cansado:

— Acabou o meu turno, doutor. O Agenor já chegou...

Na cozinha, Abelha aperta a pistola contra a cabeça de Otávio. Cochicha autoritária, *dispensa os dois, o que está chegando também, dá folga pra eles.*

Otávio, tentando se controlar:

— É que... Andei pensando, Flavião. Melhor vocês folgarem os dois.

Na guarita, o segurança ao interfone para por alguns segundos, confuso:

— Eu e o Agenor?! Mas como...

Pelo interfone, Flavião ouve a voz do dr. Otávio, *sim, sim, você e o Agenor... Sem neura, tá? Assim vocês descansam na Páscoa... Qualquer coisa... eu chamo no celular, o.k.?*
Não longe dali, na sala de visitas, uma mão afasta ligeiramente a cortina de uma das janelas. Lá embaixo, ao final da alameda, veem-se os dois seguranças na guarita iluminada. Eles parecem conversar. Há uma ligeira pausa. Da janela, Lili continua espiando.

Sobre o aparador da sala de visitas, o radiocomunicador toca insistentemente em sua base. Otávio apanha e atende. O cano da Beretta continua apontado para sua cabeça. Do outro lado, a voz de Agenor, o segurança noturno:
— É o dr. Otávio? O Flavião disse que... Doutor, é mesmo pra gente ir embora?
— Sim, Agenor, é pra ir embora.
— Mas... Os dois?
— É sim, você e o Flavião. Aproveitem a Páscoa, Agenor.
Na guarita, ao telefone, Agenor faz uma pausa, hesita:
— Está tudo bem por aí, doutor? O senhor vai ligar o alarme mais tarde?
Na sala, Otávio continua, pelo rádio:
— Claro, Agenor, ainda é cedo pra ligar o alarme. Fique tranquilo... A gente só quer um sossego por aqui... Vá descansar. Boa Páscoa.
Otávio desliga. Abelha baixa a pistola. Incisiva:
— Não vai ligar alarme porra nenhuma, tá sabendo? Tem que continuar desligado, pra ninguém mais encher o saco.
Na janela, Lili continua de olho na guarita iluminada, ao final da alameda. Alguns segundos depois, as luzes se apagam. O portão se abre. Pouco depois, o carro dos seguranças sai do estacionamento e cruza o portão que agora vai se fechando.
Abelha guarda a pistola. Ajeita a peruca. Suspira e limpa a garganta, sorridente.
— Estamos sem comunicação, gente. Como nos velhos e bons tempos.

Da penumbra emergem aos poucos os rostos lívidos dos políticos, agora sentados na sala de estar. Continuam amarrados. Silêncio. Ali ao lado, o carrilhão do relógio soa, com longas badaladas. Espraia-se um sorrateiro tremor de pesadelo. Olhos angustiados de Otávio. Lili sorri. Abelha tem um ligeiro movimento de descontração. Até emitir um risinho sarcástico, antes de comunicar:

— Fim do primeiro ato!

Sequencial 14

O pastor Clorisvaldo sentado numa cadeira. Um tanto risonho, fora do ar. Pelado. Com a Bíblia aberta no colo. Ao seu lado, em pé, Lili Holiday posa nua. Exibe os seios e a generosa manjuba. Lenço cobrindo sua boca e nariz, assim meio bandida. Com o celular, Abelha tira fotos de vários ângulos. O pastor se dá conta da situação. Tenta escapar. Lili o imobiliza.
    Nos mesmos assentos do salão de cinema, poses e pessoas vão se reciclando. Mesmos ângulos.
    Leonilson e Hermes, olhares espantados. Cada qual numa cadeira próxima. Estão nus. Esparsos tufos de pelo no peito do mais jovem. No velho, um exagero de pelos cobrindo quase todo o corpo cheio de dobras, enquanto sua papada treme, aflita. Gloriosa de Orléans posta-se entre ambos. Seios e pinto à mostra. Estica sobre o rosto um pano de odalisca, mais ruiva do que nunca. Abelha faz as fotos.
    Agora Matias, sentado. Maria Grinalda em pé. Pelados, ambos. Ela, pinto e seios expostos. Rosto oculto por um véu vermelho. Abelha fotografa várias vezes.
    Depois, José Carlos. Sentado e nu. Olhar vago no rosto com curativo de cima a baixo. Dalila Darling, perna apoiada sobre o assento da cadeira. Seios e pinto à mostra. Prefere espalmar as mãos sobre o rosto, em pose de glamour. Abelha clica. E se dá por satisfeita.
    Tem as fotos de que precisa para levar adiante o seu plano.

    Menininha entra na suíte, seguida de Lili. Abelha está recostada no canapé. Parece combalida, mas não perdeu o charme. Abana-se com um lindo leque japonês, gravuras de gueixas ao vento.
    Lili, que já sabe do assunto, vem até Abelha. Ambas se encaram. Lili, desafiadora. Abelha, pragmática. Negócios são negócios.

— Tenho uma proposta pra você, Manjuba. Você recebe o dobro: duzentão. E promete me ajudar a controlar a situação, até a gente botar a mão na grana, seja lá onde estiver. Vamos ter uma conversinha definitiva com o dono da casa, essa Man-su-re-te. Até descobrir o mapa do tesouro.

Fitam-se. Segundos de tensão.

— Por quinhentos paus pode confiar em mim até a morte, Abelha. Sem fuleragem.

Abelha a encara, surpresa ante o atrevimento. Abana-se por alguns instantes. Até refazer mentalmente o equilíbrio dos negócios:

— O.k. Parceiras. Sem fuleragem, Lili Holiday. Fechamos em quinhentos paus. E você se comporte.

— Ai, mona, e eu algum dia me comportei mal?

Há uma ligeira competição de risinhos maldosos, desses bem lacraia. Após emitir seu melhor olhar viperino, Abelha sentencia, por trás do leque aberto:

— Quem não te conhece que te compre, Holiday.

Lili, nem aí. Já sentiu firmeza.

Abelha respira fundo. Levanta o rosto e, como que lembrando:

— Mas não precisa comentar com as outras. Cada uma vai receber seu mensalão diferenciado, tá?

— Feito. Fica tudo entre nós.

Abelha vai se levantando com algum esforço:

— E agora a senhora venha comigo. Vamos começar a meter a mão nessa merda de uma vez.

A tela do celular mostra Otávio nu. Sentado numa cadeira, barriga protuberante à mostra. Em pé, ao seu lado, Lili totalmente nua. Quase do comprimento da cara do empresário, ostenta o pinto escuro a meia bandeira e, pouco acima, os seios à mostra. Rosto de Lili oculto por uma echarpe.

Menininha tira várias fotos. Abelha vergasta:

— Esta é a nossa garantia, Otávio. Ou conta o segredo do cofre ou a gente posta no Orkut. Pra começar...

— Eu já te disse. Não tem nada de especial lá. Nem dinheiro... Umas joias bobas e só.

— Você sabe que eu não estou brincando, Otávio Mansur Bulhões.
Ele hesita, o olhar nômade. Baixa a cabeça.
— Tá bom, Vera. Mas antes... me serve um pino da branca, vai. Pra reforçar o ânimo...

O ambiente é fresco, dentro da adega instalada no porão. Em todo o entorno, garrafas cuidadosamente dispostas. Otávio desliza para o lado uma das estantes e revela por trás o cofre na parede. Abre-o com a senha. Não que o faça com prazer. Mas o nariz, dilatado e rubro, sente que o padê cumpre seu papel, subindo em vertiginoso redemoinho. O homem está ereto, resoluto. Ante seu cofre escancarado.
Abelha se adianta e vai tirando papéis, ajudada por Lili. Depois, algumas caixinhas com joias. E pastas com documentos, talvez comprometedores, mas sem qualquer serventia imediata. Há também canudos de metal lacrados. Abelha quebra o lacre. Abre. Examina. Em instantes reconhece, espantada. Trata-se de um lote de gravuras raras, roubadas da Biblioteca Mário de Andrade, em São Paulo, escândalo que os jornais divulgaram anos atrás.
— Porra, Otávio, você não poupou nem o legado do Mário de Andrade, nossa bicha-mor?
Vão saindo dos canudos várias gravuras originais de Debret. Outras de Rugendas. Outras tantas de Spix e Martius. Mais ao fundo do cofre, caixas em revestimento especial. Dentro de uma, um livro antigo sem capa, litografias de Hermann Burmeister. Noutra, uma obra sobre o Rio de Janeiro, com gravuras originais de Johann Steinmann. A caixa maior esconde uma edição dos *Lusíadas*. Confere a data: 1639. Mete a mão e puxa outra. Contém uma edição de 1585 das viagens de Jean de Léry com anotação musical de melodias indígenas do Brasil. Obra raríssima.
— Isso tudo foi roubado, porra. Até a Interpol anda atrás.
Otávio se explica, assertivo:
— Eu não estou sabendo de roubo nenhum. Comprei no mercado de arte. Só isso.
— Então por que estão trancafiadas aqui?

— Para valorizar, ora. Eu espero elas irem valorizando no mercado.

Abelha vai colocando o material de volta ao cofre.

— Lamento pelo Mário. Chegamos em 2009, e onde foram parar os sonhos revolucionários da Semana de Arte de 22?... — Abelha suspira. — Já não se fazem burgueses como antigamente!

Guarda a caixa do Camões antiquíssimo. E em tom de aberta reprimenda:

— Vocês são como um saco sem fundo, neste século XXI. Já não ganharam dinheiro suficiente?

E Otávio, sem titubear:

— A gente nunca sabe do amanhã...

Abelha suspira e põe de volta as caixas de joias. Lili, que já examinou o que lhe interessava, não se conforma:

— Ai, bicha, esse bracelete é um arraso...

Abelha, taxativa:

— Nem põe a mão nisso, Lili. Vai sair por aí dando pinta com a joia, feito bandido pé de chinelo que gosta de ostentar? A senhora se ferra na primeira esquina... Isso fica aqui. A gente vai ter muito mais do que essas pedras de merda que a família dele explora. Depois, vai saber se não é tudo sintético...

Otávio a encara. Ofendido. Abelha se levanta. Cutuca:

— Olha, Otávio, pra nós essas suas comprinhas no mercado de arte são uma merreca. A gente quer mais. Grana ao vivo. Onde está a grana?

— Eu te preveni que aqui não tinha grana.

Abelha vai direto ao ponto:

— Aqui não. Mas teu partido tem. E muito, que eu sei. Onde está essa grana, é problema seu. Negocie lá com seus correligionários e cheguem a um acordo. Rápido, que eu não tenho tempo a perder. Lembre a eles que a Abelha Rainha anda curtindo muito a ideia de ver suas fotos na internet. É uma coisa que não me sai da cabeça, de tão deliciosa.

O olhar de Lili não consegue disfarçar sua admiração pela sagacidade e precisão persuasiva da colega. Perversidade no ponto.

Sequencial 15

A mansão parece vaguear na noite, cometa sem órbita. Perfurando o silêncio. O céu se abriu. O luar penetra através do pátio interno e do teto transparente do solário. Salas às escuras. Nos corredores, réstias de luz por baixo das portas trancadas. Ao longe, latidos sem dono.

Na ala esquerda, a primeira suíte para visitantes é ocupada por Gloriosa de Orléans. Deitada num sofá, gloriosamente. Na cama ao lado, olhos esbugalhados no escuro, José Carlos. Apalpa de leve o curativo no rosto. De camisolinha, que apanhou numa gaveta, Gloriosa sonda-o.

Dr. Hermes veste medrosamente seu pijama, na suíte vizinha. O pastor Clorisvaldo está sentado num sofá, abatido. Do banheiro, Maria Grinalda não esmorece a vigilância sobre ambos, enquanto penteia seus cabelos e retoca a maquilagem.

Na terceira suíte de visitas, Dalila Darling faz as unhas do pé. Cantarola baixinho. Ao seu lado, na cama, Matias se ajeita. Agora mais sóbrio. Põe ares de puxar conversa.

Do outro lado da mansão, Lili, Otávio e Leonilson acomodaram-se na suíte máster. O quarto do dono. Som baixo da TV, ligada num canal a cabo. O olhar atento de Lili dá uma geral pelo corpo nu de Leonilson, que toma banho de porta aberta. No controle de tudo, ela faz sua navalha de tesoura. Apara as unhas das mãos. Otávio, abatido, apanha um pijama no closet. Olha casualmente para a TV.

Noticia-se a reunião de cúpula dos países do G-20, em Londres. Vê-se na tela Barack Obama e Luiz Inácio Lula da Silva frente a frente. Todo simpatia, o presidente americano troca um aperto de mão com o presidente brasileiro. Olha para Kevin Rudd, primeiro-ministro da Austrália, ao seu lado, e sorri, apontando Lula. A tradução ao pé da tela indica sua fala: *Esse é o cara! Eu adoro esse cara!* Em seguida, enquanto Lula cumprimenta Rudd, Obama insiste, conforme a tradução: *Esse é o político mais popular da Terra.*

Otávio apanha o controle remoto. Muda o canal. Lili continua fazendo as unhas, sem desgrudar os olhos do entorno.

Na suíte ao lado, após recusar de novo o coquetel que a garota lhe oferece, Abelha deixa claro e em bom som:

— Chega, chega, chega. Você tem que admitir, eu adoro esse meu vírus, Menininha. Foi paixão à primeira vista…

Retira a peruca diante do espelho. A maquilagem não esconde o rosto exaurido que o espelho reflete. O peso da dor em suas rugas precoces parece refletir-se em todo o ambiente.

Menininha passa a arrumar a peruca de Abelha. Ostenta um olhar mais triste do que nunca, à beira do abismo das lágrimas.

Enquanto Abelha vomita na privada e enfrenta uma crise de tosse, a tela acesa do notebook mostra a página do blog A Idade de Ouro do Brasil:

Um dia, o Espírito do Tempo gerou uma personagem chamada Carlota I, a Irascível. Tratava-se da incomparável Carlota Joaquina Teresa Caetana de Bourbon y Bourbon, consorte de d. João VI. A vinda da corte para o Rio de Janeiro, em 1808, permitiu a esta terra tropical a glória de ser sede do reino português. D. João, o gordo distraído, gostava de chupar ossos de frangotes. Carlota I reinava, como incansável conspiradora. Ela ajudou a jogar o Brasil nos braços do mundo, pela primeira vez. Tentou até meter na jogada a Espanha, sua terra de nascença.

Menininha dedica-se a pesquisar na internet reproduções de gravuras antigas que retratam Carlota Joaquina. Vai inserindo-as como ilustrações ao texto. Formata aqui e ali a página do blog.

Abelha roda errática pelo quarto, feito alma sem rumo. Funga. Coça o nariz. Corre até sua mala e retira um livro, que folheia até encontrar. Para Menininha:
— Tive uma ideia, meu bem. Este velho romance eu carrego comigo, sempre, viu? Mais um desses autores nacionais meio esquecidos... Ele traz uma versão fantástica da história do Brasil, que tem tudo a ver com meu blog. Vou lendo este trecho e você digita aí pra mim, tá bem? Não é roubo. É citação, tá?
Menininha mal consegue entrever na capa do livro o título com a palavra "Veneza". Acaba de inserir no blog a última reprodução iconográfica de Carlota Joaquina e começa a digitar o trecho que Abelha passa a lhe ditar a partir do romance. *O Espírito do Tempo tornou o Brasil, já de nascença, um apêndice do imaginário europeu. Este país existia antes mesmo de os navegadores portugueses descobrirem o atual Brasil.* Menininha digita o que Abelha lê em voz alta. *Era apenas uma ilha mítica, como tantas imaginadas desde a Idade Média, que representavam os sonhos do paraíso na terra, onde não existiriam nem guerras nem fome nem morte.* Os dedos digitam e digitam as palavras do romance. *Essas ilhas vagavam sem rumo, pelos oceanos, às vezes no lombo de uma baleia.* Abelha faz uma pausa e aspira mais um pino da branca. Sacode a cabeça, ao sentir o tiro. Continua lendo e ditando, Menininha digita. *A ilha chamada Brasil teve sua primeira aparição na costa da Irlanda, em mapas anteriores ao século XIV.* Abelha tosse incessantemente. Menininha para. Espera passar a crise. Volta a digitar o que Abelha dita. *Seu nome teria vindo do antigo termo céltico "breas-il", que quer dizer "ilha de grande felicidade". A ilha Brasil seria o Paraíso Perdido que os ingleses tanto buscavam.* Abelha interrompe a leitura e respira fundo, impressionada:

— Isso é muito forte, né, Menininha?

Prossegue ditando, a garota digita. *Aos poucos, os mapas mostram essa terra da eterna felicidade vagando mais para o sul. Até encalhar no continente, onde recebe diferentes nomes: Terra dos Papagaios, Terra de Vera Cruz e Ilha de Vera Cruz, para no final voltar a ser simplesmente Brasil.* Abelha para, murmura algo inaudível e continua a ditar o trecho, Menininha digitando. *Nascido de uma lenda secular, seu destino é ser para sempre uma ilha sem rumo.* Nova pausa. Abelha suspira, lê primeiro em voz baixa e, com intensidade redobrada, dita lentamente a partir do livro, como se tateasse os significados. *Um Brasil que tem saudade da utopia de si mesmo na verdade cristalizou a saudade do sonho europeu de uma Terra Prometida pelo outro, para o outro.* Abelha dita ainda mais intensa, com ares proféticos, Menininha digita. *Assim, a Idade de Ouro do Brasil se encontraria nesse imaginário europeu. Portanto, antes mesmo da existência do Brasil.* Abelha arregala os olhos, assustada com o que lhe parece uma profecia. Limpa a garganta para concluir com voz clara a leitura, e Menininha digita, impactada. *Certos sentimentos podem caracterizar a alma de um povo. O Brasil é a sua saudade. Saudade de alguma coisa que ele nunca foi. Nem será.* Abelha faz uma pausa e Menininha digita o que ela diz. *São as palavras de um velho romance esquecido.*

Abelha fecha o livro e fica paralisada por alguns instantes, perplexa ante tal sina nacional. Assusta-se ao ouvir por perto um ruído imprevisto. Até perceber. Menininha emite um soluço. Abelha não consegue conter o ímpeto e abraça o rosto da garota. Puxa-o para seu colo, protetora. Menininha se agarra a ela. Sem parar de soluçar.

Diante de ambas, há um abismo a ser confrontado, escrutinado. É dele que Abelha fala, quando se dirige a Menininha. Com cega confiança, como se ela fosse sua última esperança, na verdade, sua única confidente. Seu alter ego. Um espelho, talvez.

— Vivo sendo assombrada por personagens que leio em romances. Mas também tem personagens de filmes, meu bem. Como aquele bêbado. Ele dizia coisas que eu pensava e não conseguiria expressar com tanta precisão. Então roubei suas palavras. — Levanta a voz de

condenada em instância última, ao citar: — "Eu escolhi o inferno, porque o inferno é meu hábitat natural". — Faz uma pausa, para apalpar o sentido do abismo. — Você não, Menininha. Você escolheu o amor. Se esse é o teu inferno, é também a tua salvação. Nunca se esqueça. Você sobreviverá.
Menininha ouve atentamente. Sem nada comentar. Já não chora.

Na sala de estar, o relógio de parede faz ressoar o seu carrilhão. E badala as horas da madrugada, pelos corredores da residência. Na suíte, Abelha não cabe mais em si mesma. Extravasa-se em algo que lembra delírios visionários. De místicos heréticos:
— E Deus, por onde anda, me diz? Pode-se saber onde ele estava quando você foi estuprada, surrada e abandonada num terreno baldio? E quem fez isso? Justamente aquele desgraçado que se dizia o amor da tua vida, Menininha. — O rosto em fogo de Abelha tem vida própria, tal a agitação que se projeta nele. — Onde Deus estava quando tantos milhões de amores foram traídos, massacrados e deixaram tantas feridas nas almas, todos os dias de tantos séculos? Onde ele se escondeu quando foram praticados genocídios em nome da fé, da verdade e da justiça, repetidamente? — Sim, de Abelha sai fogo dos olhos, das ventas, da boca. — Vai ver estava bêbado ou drogado nalguma galáxia infinitamente distante de nós, suas criaturas. Deus! Ora, não me venham falar de Deus… Deus virou uma estrela anã nalgum canto do universo e não serve mais pra nada.
Seu rosto estuporado de indignação parece clamar pela crucifixão imediata do grande traidor, o Grande Pai.

Sequencial 16

Corredores vazios. A mansão, ainda escura, parece adquirir um estranho tom encarnado em pontos incertos. Não se trata, obviamente, do luar. Seriam, talvez, os miasmas — se eles existissem. Não se dorme ali. Há algo movendo-se na inquietação dos corpos e das mentes, de vivos e mortos.

Na ampla cama de casal de sua suíte, Abelha e Menininha dormem. Agarradas uma à outra.

Dalila remexe nas gavetas de um armário e descobre uma camisola vermelha. Retira e vai vestindo. Examina ao espelho o efeito, em contraste com seus cabelos negros de índia. Começa a se pentear. Na cama, perto dali, Matias fuma um baseado, mais descontraído.
Matias, para Dalila:
— Você trabalha muito?
Dalila não responde. Como se não ouvisse. Mas ouve, no ato de se pentear.
Matias insiste:
— Quer dizer, fode muito...?
Dalila olha para ele. Com desdém, sem responder.
Matias insiste ainda:
— Falo sério. Foder é a melhor coisa da vida. Sempre achei. — Pausa; ele aspira; prende a fumaça, com prazer; expira, com entusiasmo. — Desde moleque sempre fui safado. Traçava tudo, até galinha, quando ia pra fazenda. — Ri, tossindo um pouco. — Sacanagem é o que mais curto na vida Nos meus livros, sempre dou

um jeito de meter fatos históricos escabrosos. Contei as fodas de d. Pedro I, por exemplo... Aquilo era um verdadeiro sátiro, não podia ver um rabo de saia... E, olha, nem sei se era só rabo de saia... (Ri, com prazer.)

Apesar do tom sincero da conversa, Dalila não se convence. Prepara-se para dormir.

Matias, crescentemente chapado:

— Agora, tem uma coisa. Nunca pensei em foder pra garantir a sobrevivência. (Ri fácil.) Vocês fazem isso. Quer dizer, até a grana vocês ganham fodendo. (Ri.) Acho isso... o máximo, sabia? Tenho inveja de vocês, falo sério. Se fosse quinze anos atrás, eu... Mais... Uns vinte, talvez. É essa coragem de vocês, porra. Vocês topam tudo. Levam o lance até as últimas consequências. É... Não é inveja não. É admiração, acho. É isso sim. (Dá outra longa tragada, sério.) Admiro vocês, cara. Como admiro! Eu desisti das grandes fodas, das aventuras sem cálculo. Com medo, medo, medo. Acabaram-se os riscos, tudo agora é calculado. (Olha para Dalila, procurando fisgar o olhar da travesti, que ainda ignora a conversa.) Sabe, acho que vou me divertir muito neste fim de semana santa. Voltar pra minha juventude...

Matias, o escritor e deputado, faz uma pausa. Tira os óculos de grife. Seu rosto adquire um ar de sinceridade incomum e alguma melancolia:

— Eu era muito louco, na faculdade. Acho que eu poderia ser um louco admirável, sabia? Mas sempre tive muita preguiça de ser radical. Eu parei no meio do caminho dessa minha loucura. Revolução! Tudo era revolução, passatempo predileto de boteco. Pegar em armas, criar um novo mundo, mudar o Brasil. Era legal pra caralho, fazia parte. Ir pra guerrilha, imitar o charme do Che Guevara. As meninas adoravam. (Pausa pensativa.) Tinha muita vida, muito atrevimento nesse sonho besta. A gente brincava de luta de classes. A gente ainda hoje continua brincando de revolução. (Seu rosto torna-se mais introspectivo, tristonho; fala consigo mesmo.) O nosso futuro partido está nas mãos de vocês, os lumpens. Se vocês quiserem... não vai sobrar nenhum de nós. Eu, quem diria! Morrendo nesta tumba da burguesia. O grande revolucionário Matias, nome de guerra "Fausto"! Conseguiu chegar aonde queria: a glória de ser burguês. (Levanta a voz, para ser ouvido.) Na morte, a consagração do burguês Fausto, falso filho da revolução. Il momento della verità...

Dalila joga para o lado os cabelos. Olha Matias com desconfiança calculada, disfarçando seu apurado faro cearense.

Penumbra. Em seu quarto, Gloriosa de Orléans veste uma camisolinha em forma de baby-doll, de delicada seda artificial. Acomoda-se no sofá. José Carlos continua de olhos abertos. Agora já menos tenso, fumando em sua cama. Vira-se para a porta. Olha a fechadura. Depois, aguça os olhos à procura da chave, que pende do pescoço de Gloriosa e se perde entre seus fartos seios, apenas entrevistos. Da cama, José Carlos estica o pé. Toca a coxa de Gloriosa, que o repele.

— Tou com tesão em você, sabia? — Ele faz uma pausa. — Verdade, porra. Desde a hora que te vi chegar. Você é muito gostosa, viu? Ruivinha assim...

Silêncio. José Carlos estende de novo o pé. Levanta com o dedão o baby-doll e toca a coxa de Gloriosa, que agora não o repele. O pé sobe. Passeia sobre as formas macias. José Carlos se entusiasma. Aproxima-se mais do sofá. Até se esqueceu do ferimento que lateja no rosto.

A TV foi desligada. Otávio dorme numa cama. Leonilson, na outra. Lili aproxima-se sorrateiramente da porta e tira a chave. Esconde dentro da bolsa. Há pinos de plástico vazios pelo chão e nos criados-mudos laterais. Rastros de cocaína sobre a madeira escura. Lili se detém ao pé da cama e contempla Otávio seminu. Cobiça no olhar. Acaricia as pernas peludas. Percebe o movimento dele em resposta. Sem esperar mais, baixa o corpete do vestido. Expõe os seios. Na penumbra, o olhar de Otávio faísca por um momento. Lili intensifica o jogo. Sem a calcinha, revela o pinto já pulsando. Os olhos do macho, fixos nos seios, descem a ladeira negra do seu corpo até encontrar o pau achocolatado, já em estado de alerta. Ambos se fitam com sofreguidão. Próximos ao ataque. Lili aproxima-se. Levado pelas retrações compulsivas de sua boca, Otávio estende a mão e toca os mamilos inchados que o convidam. Olhos abertos na penumbra,

Leonilson acompanha o balé, da outra cama. Otávio repuxa ainda mais os lábios, num conflito desigual em que o perdedor deve ser ele, e ele também o vencedor. O pinto de Lili se alça sem reforço. Até atingir uma nesga de luz. Ao se deparar com aquele totem negro e luzidio, Otávio estremece de encantamento. Lili esfrega o pau em sua cara. E, com deliberada provocação, põe um sussurro na voz:

— Não é isso que vocês curtem na negrada? Então vai, chupa, meu amor!

Otávio oscila entre rir e pedir socorro. Talvez intimidado, ao se dar conta da testemunha ocular na cama ao lado.

Como se adivinhando, Leonilson vira-se de costas. Coloca um travesseiro sobre os ouvidos. Com o rabo do olho, Otávio constata seu movimento. Acaba se decidindo pelo mais óbvio: um boquete ali mesmo. De joelhos. Do alto do seu esplendor de Pomba Gira em transe, Lili observa com evidente prazer físico a voracidade de Otávio, enquanto lhe força o membro na boca. Em seu olhar faísca um tipo de felicidade de quem domina o jogo, quando dardeja, entre travessa e cruel:

— Guloso!

Retira a doçura da boca que Otávio ostenta babada de prazer.

— Mas aqui não tem almoço grátis. Trabalho com preço tabelado, meu bem.

Otávio não se contém. Entre faminto e aflito, olhos desmesurados:

— Quanto?

— Três pila.

— Vai na minha carteira. E pega o que quiser. Mas volta com isso tinindo, pelo amor de Deus!

Lili repõe sua joia de volta na calcinha. Vai até a mesa, onde perfaz o acerto financeiro e guarda a grana na bolsa. Diante de Otávio, despe-se de novo. Faz saltar sua neca, ou melhor, necão, pirocão, jeba, sua laquaqua. Rija feito diamante negro. Densa de promessas, como se nunca tivesse descansado. Otávio se joga. É um perfeito adorador, perfeitamente imbuído do seu papel. Enquanto se satisfaz com fome canibalesca, faz pequenos intervalos, *é uma injustiça*, para comentar quase jocoso, *um absurdo*, engole até a garganta, *isto aqui é muito mais...* engasga em gula crescente, *é muito mais do que uma manjuba,* ali genuflexo. Ante o totem de ébano.

Dr. Hermes está encolhido, e ainda assustado, numa cama da suíte. No sofá ao lado, veem-se as formas arredondadas de Maria Grinalda. Mexendo-se. Dr. Hermes ouve os ruídos. Percebe que Grinalda se masturba. Gemidinhos, quase desabafos.

Grinalda, sôfrega:

— Vem cá, vovô, vem!

Dr. Hermes se encolhe ainda mais. Fecha os olhos com força, fingindo dormir. Mas também reprimindo alguma hipotética tentação.

Clorisvaldo caminha pelo quarto. Agitado, com sua Bíblia que fede a cerveja. Murmura palavras inaudíveis.

Grinalda, irritada:

— Tira esse demônio do corpo, pastor. E vem dormir.

Clorisvaldo vai tomar um banho. Talvez para afastar o pecado.

Maria Grinalda tenta conciliar o sono, em vão. Clorisvaldo parece ainda mais pirado. Está em pé sobre a mesa, a Bíblia aberta nas mãos. Faz sua conclamação sagrada. Tão eufórico que esqueceu de vestir a roupa depois do banho.

— Pilhai, pilhai, diz o Senhor. Pilhai os ídolos pagãos. Tu és meu filho. Eu hoje te gerei. As palavras do Senhor libertam dos ataques malignos do demônio. Só quem vive diante de Deus encontra a cura para a alma e para o corpo. É preciso aprender a pilhar o mal. Então eu vos digo: viva Jesus, leão de Judá, que virá pilhar o demônio. Aleluia, irmãos, aleluia!

Grinalda, semblante transtornado, atravessa o quarto até o banheiro, balançando suas generosas nádegas. Põe água num copo. Pinga gotas generosas de um vidrinho. Vai até a bolsa, pega seu celular.

Do alto da mesa, Clorisvaldo vislumbra o rosto resoluto diante de si. Pequenos flashes, Maria Grinalda tira-lhe fotos. O pastor se desorienta:

— Leão saqueia, Senhor. Onça saqueia. Jiboia saqueia. Veado também saqueia.

— Agora desce, porra.

— Só o Todo-poderoso nos livrará dos caminhos de Satanás. As trombetas do Senhor soarão e virá Jesus, o leão de Judá, para redimir os bons e condenar os maus. Nossos corações estão preparados, ó Senhor Jesus...

Grinalda lhe dá um puxão no braço. O pastor desce da mesa. Tropeçando, quase caindo. Para diante da travesti. Mete-lhe a Bíblia diante do nariz. Grinalda arranca-lhe o livro das mãos. Apanha o copo com água e entrega ao pastor, autoritária:

— Beba esta água benta, irmão. E vai descansar.

O pastor se recusa. Depois olha. Pondera. Sedento de tanto falar, apanha o copo e engole o conteúdo.

Grinalda dá a cerimônia por encerrada:

— Boa noite, Cinderela. Aleluia!

Grinalda dorme no sofá. Ao lado, o pastor ronca sem nenhum rastro de sacralidade. Só a Bíblia como travesseiro. Tem as mãos devidamente atadas à guarda da cama. A boca, amordaçada. Com uma calcinha.

Lá fora o segundo dia não demora a raiar.

Sequencial 17

Passarinhos cantam ao redor da mansão.

Na cozinha, uma chaleira ferve. Menininha está preparando o café. Dalila Darling abre os armários da copa e tira toalhas, talheres, pratos. Vai entregando a Gloriosa de Orléans.

Maria Grinalda aparece para ajudar. Deixou Lili terminando de amarrar os homens. Matias, o único político provisoriamente liberado, auxilia Dalila a arrumar a mesa da copa. Gloriosa boceja com insistência nada aristocrática. Dalila provoca:

— Tu tá é com sono porque andou fodendo demais, frango?

E Gloriosa:

— Quem me dera! Só foda meia boca. Aquele bofe tem um chaveirinho de nada, mal dava pra sentir o gosto. — Ri. — E a senhora? Sossegou esse fogo?

Gloriosa mira indiscretamente Matias, mas fala para Dalila, que comenta com deboche:

— Que nada! Esse aí não sobe nem que fosse a Gisele Bündchen na cama. A rola, só frapê... Cheirou um monte. E quem cheira muito, tu sabe, gosta mesmo é de sentar.

Dalila olha para Matias, que explica, um pouco constrangido:

— Excesso de pó, sabe como é? Promete, mas não goza.

— O pior foi o baseado depois. A taba fez o bofe falar... de po-lí-ti-ca. Feito maritaca.

Só então notam que Menininha tem o rosto úmido de lágrimas recentes. Dalila, Gloriosa e Maria Grinalda se entreolham, compadecidas.

— Andou chorando de novo, Menininha?

Ela nada responde a Grinalda. Apanha a ração de Cosme e Damião. Sai para o quintal.

Entre idas e vindas da copa à cozinha, as três tricoteiam. Matias ouve.

Gloriosa, com piedade aristocrática:

— Coitadinha. Faz dois anos que eu conheço a criatura, e ela sempre chorando. É muito menina pra viver nessa tristeza. Nunca entendi...

Maria Grinalda, ar de quem tudo sabe:

— Diz que foi um mecânico italiano. Ela se apaixonou. O cara se aproveitou da coitadinha e depois sumiu. Ela não conseguiu esquecer.

Gloriosa não se contém:

— Amor de pica fica...

Dalila, para Grinalda, quase indignada:

— Não é nada disso. Foi um babado forte com um tio, um PM tipo bofe escândalo. Cafajeste total. Abusou da Menininha desde pequena. Depois casou com mulher e chutou a bichinha.

Gloriosa, remetendo-se ao seu passado de Orléans:

— Vai ver o pai surrava ela. E acabou botando a Menininha pra fora de casa. A tristeza vem daí. Sem o pai...

— Se for por isso, grande coisa... — minimiza Grinalda. — Quem aqui não levou surra de pai, de irmão, pra deixar de ser viado?

— E adiantou foi nada... — diz Dalila zombeteira.

Grinalda ri escrachada:

— Ficou pior a emenda do que o soneto, né, beeechas?

Gloriosa, numa recaída plebeia:

— Que nem diz a turma do Tchan. (Cantarola *Pau que nasce torto nunca que endireita...*)

As três se entusiasmam. Rebolam e cantam juntas:

— *Segura o tchan, amarra o tchan...*

Risos de avacalhação genuína, naquela manhã.

Matias olha. Sem esconder algum encantamento. Parece de férias.

Lili vem chegando com os demais sequestrados, ainda de mãos atadas.

A mesa está pronta para o café.

Na suíte, Menininha arruma a bandeja com o café da manhã. Após o banho, Abelha está enrolando a toalha na cabeça. Nota o

rosto inconsolável da garota. Dá-lhe um delicado beijo. E suspira, com ares de mãe aflita:
— Deixa pra lá, Menininha. Faz força pra não sofrer tanto. Não vale a pena. — Acaricia seu rosto. — Eu cuido de você, meu garotinho lindo.

Os homens tomam café da manhã. Dividem a mesa com as travestis. Exceto o pastor, que ficou no quarto, em seu merecido sono. Hermes e Leonilson, esquivos. Otávio lança olhares desconcertados para o lado de Leonilson. José Carlos tem fome de leão. Come com prazer, o curativo ameaçando se desprender da cara. Matias mastiga um sanduíche, radiante na condição de meio prisioneiro. É o único que não ostenta humilhação nos olhos. Ninguém conversa.

Não sem certa aflição, Otávio contempla Abelha que o encara com ares imperiais. Sentada no sofá da sua suíte, ela se veste de modo impecável. Mas a maquilagem não consegue esconder as pesadas olheiras. Menininha trabalha no notebook, ao lado.
— Preferi aqui a sós, eu e você. Vamos decidir os negócios já.
Abelha propõe duas soluções mais diretas:
— Poderia fazer vaquinha com cada político, mas é uma solução complicada e arriscada. Ou então... meter a mão na grana que vocês têm no exterior.
— Você está viajando, Abelha. Nosso partido nem nasceu. Acha que a gente ia ter conta *offshore*?
Abelha insiste:
— Ora, não me venha com essa conversa, agora. Tempos atrás, você mesmo contou, com o nariz cheio, que o futuro partido já tem caixa dois. Propina como doação antecipada. Das empresas que fazem lobby nos Fundos de Pensão, você disse, por intermédio de candidatos do seu partido. (Com desdém.) Aquele manjado troca-troca, né? Lembrou? O excesso da branca te deixa sincero demais. Aliás, você cheirado sempre gostou de contar grandezas...
Otávio permanece alguns segundos cabisbaixo. Depois, a contragosto:

— O.k., é isso... até certo ponto. Mas... é responsabilidade demais mexer nesse negócio agora.
— Responsabilidade? Por quê? É o preço da honra de vocês. Vai sair baratíssimo...
Otávio, ainda resistindo:
— Tem outra coisa. É um processo demorado, liberar o dinheiro. Não dá pra fazer de uma hora pra outra.
Abelha não se dobra:
— Sem essa! O que mais tem neste país é doleiro namorando político. Ou não é? — Pausa deliberada, tensa. — É só conversar com o seu doleiro e ele libera a grana.
Longo silêncio no quarto. Otávio engole em seco:
— O.k. Mas antes preciso negociar com o pessoal. Vai ser jogo duro.
— Jogo duro vai ser as fotos de vocês rolando na internet... Orkut, Facebook, tudo o que der... Com trilha sonora dos Mamonas Assassinas. Sabe qual? *Pelados em Santos*...
Abelha ri de sua própria piada, exagerando no deboche. Otávio a encara com ar lamentoso. Abelha insiste com frieza de lobista:
— Quanto você calcula que pode levantar, Otávio? No mínimo...
Otávio se enche de reticências, para ganhar tempo:
— Não sei ao certo... Um milhão... Sei lá... É complicado saber...
— De reais ou de dólares?
— De reais.
Abelha calcula rápido:
— Não é suficiente. Mereço mais.
Com voz desvairada, chama Menininha:
— Abre as fotos no notebook e traz pra ele ver a merda toda.
Menininha atende. Vai mostrando os políticos nus. Um a um. Parecem ainda mais grotescos, com seus corpos vivos. Abelha comenta, secamente:
— É um desfile escandaloso, não acha? Uma bomba em qualquer circunstância. Para um partido que ainda nem nasceu, é um atestado de óbito, um verdadeiro aborto.
Otávio pensa. Balbucia:

— O.k., vou combinar com o pessoal.

— Eu não entendi direito, dr. Otávio. Fala mais claro, por favor.

— Vou convencer o pessoal pra liberar a grana.

— Tá bem. Eu mando reunir seus homens e vocês conversam. Tem que ser rápido. Para ontem.

Otávio se levanta. Antes de sair, pede. Quase suplicante:

— Veja aí uns pinos pra mim, vai. E põe na conta.

Abelha faz sinal a Menininha, que apanha dois pinos e lhe entrega. Otávio recebe e protesta:

— Só isso, porra? — Contém-se. — O.k., acho que dá pro gasto. — Vai sair, mas ocorre-lhe uma sugestão solidária. Ou cruel, vai se saber: — Dá em cima do pastor. Esse povo sempre tem dinheiro escondido.

Sequencial 18

Lili vem chegando até a guarita. Inspeciona. Tudo em ordem. No estacionamento, anda pelo meio dos carros. Faz a vistoria. No canil, os cachorros latem.

De volta para a mansão, Lili se depara com Maria Grinalda, toda dengos e bocejos. Estendida num sofá da sala de estar, majestosamente. Lili olha, com alguma bronca e ressentimento:
— A escrava Isaura aqui trabalhando e a Branca de Neve aí dormindo de novo.
Grinalda desdenha:
— Com inveja, mona?
— Eu? Inveja desse monte de silicone? Pra quê? Em três anos tá tudo despencando. Esses peitos, só muxiba.
— Não, não é por isso, pererca. Inveja porque eu fui bem comida, a noite inteira.
— Ai, que horror! A senhora sabe muito bem que eu prefiro outra coisa. Pau de bofe pra mim é enfeite. Tem que ficar duro só pra provar o que ele sente por mim. — Venenosa. — De macho, eu prefiro caverna, coisa que a gente tem que explorar.
— Uhn! Sai pra lá, mulher das cavernas!
Ambas não contêm o riso diante da piada improvisada. Maria Grinalda desmente:
— Antes fosse, mona. Eu quase nem dormi, com aquele pastor dando bafão no quarto. — Ela se levanta do sofá. — Parece que o capeta baixou nessa alma penada. Ele veio pra cima de mim querendo exorcizar Exu. Tá boa, santa?
— Mojubá, Exu!

— Laroiê, meu pai.
Confiante, Grinalda se aproxima de Lili. Em voz mais baixa, manifesta preocupação:
— Bicha! E essa Abelha? Quando é que vai liberar o nosso aquê? Até agora não se viu um tostão.
— Ela está negociando, mona. Com a bênção de meu pai Ogum, vai dar tudo certo. — E com uma pitada de veneno: — Isso se a bicha requenguela não pirar antes.

Os homens sequestrados foram levados ao salão de cinema. Menos Clorisvaldo, ainda ausente, usufruindo do seu momento Cinderela. Mãos atadas à frente, sentam-se diante da TV.
Na tela grande, vão desfilando suas fotos pelados. Menininha controla o notebook acoplado, de onde partem as imagens. Os homens se agitam. Incomodados.
Abelha e Lili assistem. Rostos duros. Abelha:
— O Otávio já lhes explicou as minhas condições. Se duvidar, posto até no site do Congresso. Menininha conhece todas as manhas da informática...
Dr. Hermes não se contém:
— Parem com essa merda. Nós não somos obrigados a ver isso. Um pouco de dignidade, por favor.
— Cala a boca, Hermes!
Dr. Hermes se assusta com a ordem de Leonilson, que não consegue se conter. Está decidido a negociar:
— Nós vamos chegar lá, Abelha. Mas antes queremos garantias suas.
— As garantias só dependem de vocês liberarem o dinheiro.
Otávio intervém:
— A gente já tomou uma decisão, Abelha. Do jeito que você queria. Pode ficar sossegada. Só falta acertar o melhor esquema com o doleiro. Não é mesmo, pessoal?
Matias, conformado:
— Eu, por mim, tudo bem... Você sabe melhor o que fazer, Otávio.

Dr. Hermes, o rosto rancoroso, parece à beira de um colapso, enquanto ouve Otávio negociando com Abelha:
— A gente só quer sua palavra que depois de entregar o resgate...
— Não é resgate, Otávio. É o dinheiro que vocês nos devem. Acrescidos os juros, obviamente. Faz parte da negociação, desde o começo.
— O.k., a gente quer sua palavra de que uma vez resolvida a... a negociação, todo mundo aqui está livre e não corre risco.
— É claro, Otávio. Eu já te disse e repito: sempre respeitei nossos acordos.
José Carlos insiste, pouco convicto:
— Quer dizer, todo mundo são e salvo, no final... Inclusive com as fotos deletadas?
— Todos sãos e salvos. Fotos deletadas. Suas honras impolutas. Está dada a palavra imperial da Abelha Rainha. — Olha com deliberada afetação. — Satisfeitos?
Os rostos apreensivos indicam incredulidade. Mas sem alternativa.
— Agora, vou me retirar. Vocês definam os detalhes finais. Quanto mais cedo, melhor pra todo mundo. A Lili fica aqui. Ela é ótima companhia. Sabe como se comportar, quando necessário.
Lili olha soberana, a navalha aberta. À mostra.
— Se precisar, use também o gás de pimenta, Lili.
Abelha se retira do salão. Menininha a segue, com o notebook.

Em sua suíte, Abelha resfolega. Seminua, vê-se emagrecida. Olheiras fundas. Ainda mais pálida. Mas não perde a elegância, enquanto vai vestindo um *robe de chambre* senhorial, que encontrou no armário. Sem peruca, meio Abelha, meio Marcão, recostada no canapé da sua suíte, *vamos lá, bicha, hora de Carlota II entrar em cena*. O notebook no colo, Abelha digita pouco hábil, mas fervorosa. Ostenta um meio sorriso de satisfação.
Ouve-se o chuveiro aberto. Menininha toma banho.

O notebook largado sobre o canapé mostra a página do blog: *É preciso sondar o Espírito do Tempo. Ele pede uma nova Idade de Ouro. Para tanto, apresento-lhes Carlota II, a Sábia: esta que sou eu, Soberana e Serva do seu povo.*

Na mesa ao lado, Abelha prepara uma carreira da branca, batendo com um cartão de crédito sobre o tampo de madeira. Aspira fundo. Espera o efeito bater. Brisa da boa. Começa a tomar notas no bloco de papel. Avidamente.

Abelha recebe Otávio no quarto, para as últimas providências:
— E então? Boas notícias, suponho.
— Foi difícil, mas chegamos a um acordo. Se você pegar meu celular, já falo com o Lopes e vejo quanto ele levanta de grana. É o nosso cambista, o Lopes.
— Poxa, há quanto tempo eu não ouvia essa palavra: cambista! Tinha caído de moda. Agora ficou mais chique: é doleiro pra cá, doleiro pra lá.
— Bom, ele é um doleiro, na verdade... Está aqui o número.
Menininha apanha no closet o celular de Otávio. Seguindo a anotação no papel, digita ela mesma o número do doleiro.
Abelha apanha o aparelho. Logo que ouve o sinal da chamada, entrega a Otávio e ordena:
— Pode falar com o cara. Com muito cuidado, tá?
Otávio, a pistola prateada junto à sua cabeça, encosta o ouvido no aparelho e espera. Ninguém atende.
— Então deixa um recado. Pede urgência absoluta.
Abelha ouve o recado que Otávio deixa, *por causa de um imprevisto da maior importância, tá?*
— Melhor mandar uma mensagem também.
Menininha digita, *com urgência, por favor, Lopes.*
— Agora envia.
Abelha baixa a Beretta. Grita para fora:
— Lili, pode levar o cara de volta.

Sequencial 19

À espera de uma resposta, Abelha permitiu um recreiozinho no salão de jogos. Para desanuviar um pouco o ambiente, *afinal até em penitenciária tem horário pra relaxar, não é, pessoal?* Mas as portas trancadas, é claro.

O local guarda certo cheiro de mofo. Desajeitadamente, Lili joga snooker, com Dalila e Gloriosa. Trocam risadas travessas, depois de quase rasgar o feltro da mesa com seus tacos mal manejados. Mas não perdem de vista o movimento geral.

Os políticos se espalham por ali. Tentam fazer de conta que vai tudo bem... até certo ponto, *vamos ver, quem sabe isso se resolve logo...* Mas o que se vê são rostos acabrunhados. Uns mais óbvios do que outros. Numa ponta, Matias faz alongamento. Na outra, dr. Hermes agita-se, isolado numa confortável poltrona onde não encontra conforto possível. José Carlos se esforça em dormitar, mas a ferida no rosto dói. Leonilson caminha a passos incertos. Disfarça e vai até Matias:

— Porra, cara. O que deu em você? Tá aí com tudo, amiguinho da travecada. Tem que fazer alguma coisa, caralho. Não dá pra convencer os viados? Vão levar dinheiro demais, porra...

Matias continua a se alongar.

Leonilson, desarvorado:

— Ou então pega um celular deles escondido, porra. Aí avisa a polícia. Você é famoso. Sempre foi o bacana do pedaço.

Matias para:

— Porra, Leoni, não me venha encher o saco, tá? Não gosto de gente me dizendo o que devo fazer.

Leonilson fica petrificado por um instante, antes de reagir:

— Então vai te foder, boiola. Se o capitão Paulão tivesse ficado, o negócio aqui não ia chegar aonde chegou. O cara logo apagava um e acabava com essa viadagem toda.

— Não seja imbecil, Leonilson — Matias não contém a indignação. — O que está acontecendo aqui é prova do nosso fiasco. Tá na cara. Mas com esse capitão ia ser pior ainda, entendeu? O cara não passa de um bravateiro. É um moleque irresponsável. Ele acha que está num filme de caubói.
Lili observa de longe. Leonilson dá de ombros e se afasta.
Diante da TV ligada, Otávio está sentado, sem prestar atenção. Parece longe dali. Os jornalistas apresentam notícias de um outro planeta.

ÂNCORA MASCULINO (NA TV):
O excepcional crescimento do PIB brasileiro em 2007 e 2008 vem provocando crescente respeitabilidade no cenário internacional.
ÂNCORA FEMININA (NA TV):
Em grande parte, isso se deve às demandas comerciais da China. O Brasil se tornou um parceiro privilegiado desse país, que hoje move praticamente metade da economia do planeta. O superávit da balança comercial brasileira nunca foi tão expressivo.

José Carlos, curativo novo no rosto, levanta-se. Vem chegando até Otávio. Disfarçando.

ÂNCORA MASCULINO (NA TV):
... fundamental na crise da economia internacional. O Brasil não quebrou graças às grandes reservas em moeda estrangeira acumuladas. No ano passado, ultrapassaram 206 bilhões de dólares.

José Carlos cochicha:
— O resgate que os travecos pedem é muito dinheiro, caralho. A gente precisa dar um jeito de cair fora dessa encrenca.
Otávio, abúlico:
— Tem alguma ideia?
Leonilson se aproxima. Tenta compartilhar da conversa, apesar do som da TV. Instala-se ali um clima de urgência aflitiva.

ÂNCORA FEMININA (NA TV):
Durante uma carreata no ABC paulista, o presidente Lula manifestou entusiasmo com a notícia. (Entra imagem do presidente discursando.) *"Nunca antes na história deste país tivemos tanto dinheiro no cofrinho. Lá para os americanos, a crise provocou um tsunami. Aqui, se ela chegar, vai chegar uma marolinha que não dá nem pra esquiar."*

José Carlos, com o canto da boca:
— O vizinho, porra. Não dá jeito de avisar nenhum vizinho?
Otávio, de má vontade:
— Se desse eu já tinha avisado, caralho.

ÂNCORA FEMININA (NA TV):
... o próprio presidente do Banco Mundial, Paul Wolfowitz, afirmou, em sua viagem ao Brasil, que o programa Bolsa Família é hoje um modelo altamente elogiado de políticas sociais.

Há um crescente movimento de impaciência entre os três homens.
— Chama a polícia pelo rádio. Não tem polícia nessa porra? — diz José Carlos, inconformado.
Otávio, tentando se conter:
— Cadê o rádio?

ÂNCORA MASCULINO (NA TV):
... que são evidências do sucesso. Ainda em suas palavras, muitos países pobres começaram a aplicar a experiência brasileira.

Leonilson, irritado:
— Porra... tenta mandar sinal cifrado quando falar com o doleiro... Enquanto isso...
— ... os viados postam nossas fotos na internet, é isso? — contrapõe Otávio.
— Então que alguém tente convencer o Matias. É só ele pegar um celular dos viados...
Lili nota a conversa do grupo. Grita, ameaçadora:

— Olhaí, circulando, circulando. Conversa entre vocês é só perto de mim. De preferência na cama. Senão, tem cana, porra.
Lili, Dalila e Gloriosa dão uma risada sarcástica.
Otávio, ar desolado, disfarça e se retira. Leonilson vai em direção oposta. José Carlos permanece diante da TV ligada. Tenta se distrair.

REPÓRTER ESPECIAL (NA TV):
... já conta no elenco com a atriz global Glória Pires. A produção, orçada em 12 milhões de reais, é a mais cara do cinema brasileiro. Empresas de grande porte disputam o patrocínio do filme, entre elas Petrobras, Camargo Corrêa, OAS e Odebrecht. Segundo os produtores, até mesmo o presidente venezuelano Hugo Chávez manifestou interesse em financiar sua distribuição na América Latina. A previsão é que Lula, o Filho do Brasil seja um dos filmes de maior sucesso do cinema brasileiro em todos os tempos. Já se pensa até em apresentá-lo como representante do Brasil no Oscar de melhor filme estrangeiro, em 2010.

Dalila e Gloriosa assistem de longe. Empolgadas:
— Nossa, vai ser um arraso...
— Tô bege! Com a Glória Pires então...
No canto da sala, dr. Hermes sua e resfolega. Começa a gemer. Dalila e Gloriosa notam e se aproximam.
— Algum problema, vozinho?
Dr. Hermes olha para Dalila, melancolicamente, e balbucia:
— Não me chama de vovô, pelo amor de Deus. Pode ser tudo, menos vovô.
— Tá passando mal, é?
Sua voz é quase inaudível, quando pede:
— Avisa o Leo, urgente. Ele sabe o que fazer.

Acompanhando Leonilson, Gloriosa de Orléans abre a porta da suíte. Depara-se com Maria Grinalda nua, provando vestidos.
Grinalda protesta:
— Não sabe bater não, viado?
Gloriosa, aflita:

— Se não quer visita, tranque a porta, bicha. O velho tá passando mal.

Leonilson vasculha dentro de uma bolsa onde Hermes coloca os medicamentos. Apanha um vidro.

Saem. Maria Grinalda vem fechar a porta.

O pastor Clorisvaldo assiste a tudo. Olhos sonolentos. Continua amordaçado e amarrado na guarda da cama. Nota-se uma larga mancha de urina no lençol debaixo dele.

No salão de jogos, o trêmulo dr. Hermes apanha o remédio e toma com um copo de água que Gloriosa lhe oferece. Olhos pedindo socorro, o velho agarra as mãos de Leonilson. De modo tão fervoroso que o jovem usineiro tenta se desvencilhar e se afasta:
— Agora descanse, Hermes. Logo você melhora.

Raramente se poderia ver o semblante de Abelha tão pleno de encantamento. Acaba de tomar nota e entrega o novo texto manuscrito para Menininha, *escreve lá no blog, meu bem*. Caminha pelo quarto majestática, sonhando por entre suspiros tão intensos que sugerem algum estado de bem-aventurança.

Menininha digita. *Eu, Carlota II, proclamo: toda organização social tem um prazo histórico de validade. A sociedade deve ser destruída para se refundar.* Dedos ágeis no teclado. *Trata-se da necessidade de um recomeço. As leis devem ser repensadas radicalmente, em função dos novos tempos.* Menininha digita em ritmo incessante. *A educação e a moral não podem continuar as mesmas. Até o amor deve cumprir um novo papel.* Dedos se movem com entusiasmo. *No novo ciclo, instauram-se justiça e dignidade, sem perder a ternura jamais.* Os dedos quase faíscam. *Assim deve ser a nova Constituição, ou melhor, a Re-Constituição.* Menininha digita, faiscando um sorriso bem-aventurado. *O Brasil precisa de uma nova Idade de Ouro.*

Sequencial 20

Ao se iniciar a segunda noite na mansão, as travestis ultimam os preparativos para o jantar, indo da cozinha à copa, onde a televisão está ligada. Ouve-se o som:

APRESENTADOR DO PROGRAMA (NA TV):
... *foi esse vagabundo aí, foi ele que teve a ideia de queimar viva a mulher. Está foragido, o marginal. Vejam bem a cara dele na foto, pra identificar e chamar a polícia. A mulher foi queimada viva por ter pouco dinheiro na conta. Aí eu pergunto: até quando vamos ficar à mercê desses bandidos e seus requintes de crueldade? É inadmissível uma barbaridade dessas.*

Maria Grinalda, que ia passando, interrompe seu trabalho, diante da TV:
— Como tem gente ruim no mundo. Eu, hein!

APRESENTADOR DO PROGRAMA (NA TV):
... *até quando vamos fingir que não é com a gente? Punir esses bandidos sem dó é o que eu chamo de legítima defesa coletiva da sociedade. Ó, esse pessoal aí que só fala em direitos humanos, por que cada um não adota um bandido? Assim vocês vão ver o que é bom pra tosse! Neste nosso próximo caso, vejam como é que a população reage à altura!*

REPÓRTER EM RUA DE SUBÚRBIO (NA TV):
Estamos aqui com a nossa equipe, ao vivo. Esse aí no chão é o ladrãozinho de celular que está sendo linchado pela multidão. Vejam, ensanguentado...

Dalila vem até a copa, em busca de uma panela. Também se interessa pelo programa.

ESPECTADOR ENTREVISTADO (NA TV):
Se fosse comigo, eu fazia a mesma coisa, tinha dado com pau nesse ladrãozinho filho da puta.

Dalila volta para a cozinha.

REPÓRTER, AFOGUEADO (NA TV):
É a revolta da população. Estão dizendo que o rapaz roubou o celular de uma velhinha. Ih, o rapaz fugiu, está fugindo, o pessoal está atrás dele. Ô câmera, tem que registrar isso, vem cá, vem cá, para os telespectadores testemunharem ao vivo. (Repórter se apressa; câmera na mão no encalço do grupo que persegue o ladrão.) *Olha só, o cara se escondeu ali na farmácia... Mas ele é agarrado de novo, vejam como leva chutes, meu Deus! É isso aí, a população revoltada, né, ninguém aguenta mais tanto bandido solto...*

Da cozinha, Gloriosa de Orléans grita:
— Põe no *Caminho das Índias*, vai? Assim eu mato um pouquinho a saudade de Goa...
Maria Grinalda desliga:
— Are Baba! Ainda não está na hora da novela, mamadi.
Gloriosa responde, imitando:
— Falou, baldi!
Dalila para de lavar as beterrabas e liga o rádio na cozinha. Logo que ouve a voz impostada de um líder religioso, desliga.
— Ai, não! Sermão, nem morta! — Então lembra: — Nossa, hoje é Sexta-Feira Santa.
Grinalda vem ajudá-la:
— Então não tem *Caminho das Índias*. — Suspira. — Ai que fim de semana mais uó, meu Deus.
Gloriosa ajuda Menininha a encher uma panela para ferver água no fogão:
— Põe uó nisso, mona. A gente aqui nessa espera sem fim. Nem parece Sexta-Feira da Paixão.
Dalila, descascando as beterrabas, emenda:

— Grande coisa. Hoje tem menos cliente na praça. As mariconas ficam com medo de dar o edi na festa da Paixão. E Deus lá ia se importar com cu afolozado?
Gloriosa faz ressalva:
— Mas eu também não gosto, mona. Posso até fazer boquete, e só. Tem que ter respeito nessa noite, né?
Maria Grinalda começa a picar as beterrabas:
— Mais tarde, bem que a gente podia ver um filme na TV. No dia de hoje tem cada filme lindo. Eu choro muito assistindo à Paixão de Jesus...
Dalila tenta esquentar o clima:
— Por falar em filme, sabe que eu conheci um produtor de cinema, outro dia?
— Nossa, bicha. É verdade? — pergunta Gloriosa.
— É. Ele até me prometeu um papel no próximo filme.
Grinalda se lembra, de verdade ou não:
— Ai, uma vez eu também fui convidada. Eu daria a vida pra fazer um filme. Adoro!
Lili vem chegando com uma garrafa térmica de café vazia. Vira-se para Grinalda e ri, gozadora.
— Uhn, tá se achando, agora. Pra você ia sobrar o papel de Neferterite!
Grinalda, ofendida, não deixa por menos:
— Olha a rota falando da rasgada. E não se diz Neferterite. É Nefertite, sua monga.
— E pra você, Dalila — Lili não interrompe a veia cáustica —, ia sobrar o papel de uma traveca pão com ovo atrás do príncipe encantado. O que mais?
Dalila passa a mão vermelha de beterraba no rosto de Lili:
— Avoa, ô baranga! Tu não te enxerga, é? Pelo menos eu posso sonhar. Já a senhora...
— Eu, baranga? Olha como estou enxuta. Se liga, bicha!
Maria Grinalda, solidária:
— É mesmo, ô Manjuba. Vê se cala essa matraca e deixa as monas sonhar.
— Então vai sonhando, vai. Ninguém convida traveco pra fazer filme... Claudia Wonder que o diga... Foi recusada quantas vezes?

Grinalda troca com Lili um olhar de cumplicidade e dá de ombros, com desdém:

— Ih, que nada. Eu nem aceitei o convite. Era filme pornô. Sou uma estrela séria. — Fazendo muxoxo. — Meu empresário está negociando minha ida no programa do Faustão.

Lili afina o veneno:

— Cafetão agora virou empresário, mona? E o dinheiro que você dá pra ele? Quer dizer, a senhora dá mais coisa além do dinheiro...

Risadas gerais.

Gloriosa, subitamente intrigada:

— Gente, falando nisso, cadê o nosso dinheiro? E a Abelha? Sumiu?

— Anda meio doente, a coitada.

— Credo, essa Abelha está bem tombada. Uma bicha daquele tamanho!

— É pó demais, minha filha.

Gloriosa pontifica, bem convicta:

— Que nada, bicha. É aids mesmo. A tia Sida demora, mas chega.

Menininha se inquieta. Especialmente quando vê, nesse exato momento, Abelha adentrar lentamente a copa. Como quem ouviu o final da conversa, a Rainha ostenta um ar maquiavélico, imponente, meio demônia. Não cambaleia, mas pode-se notar que controla seu equilíbrio, de modo a caminhar um tanto dura. Usa um charmoso vestido preto básico, que apanhou no closet da mansão. Por ser emprestado, está obviamente largo. O que a deixa ainda mais magra. A maquilagem não esconde o rosto macerado e ossudo. É assim que Abelha percorre a cena, ajeitando a saia teatralmente, como quem se prepara. Antes do previsto, dá o bote:

— E se eu te dissesse que é aids mesmo, Gloriosa? E se eu cuspir na senhora e espirrar sangue na tua cara, pra lhe passar a maldita? E se eu espetar no teu rabo uma agulha contaminada? — Abelha passeia desafiadora em torno da mesa. — Duvida? Se duvidar é porque ainda não me conhece. Sangue eu tenho de sobra. Pra lambuzar sua imperial beleza da cabeça aos pés.

Gloriosa sem graça. Assustada, quer se desculpar:

— Credo, Abelha, foi só uma brincadeira.

— Pois eu não estou de brincadeira. Me sinto um fogo só.

Desaba no local um silêncio de constrangimento. Mesmo Lili não ousa. Na aflição, Menininha derruba o escorredor inox de macarrão. Seu ruído reverbera no ladrilho.

Grinalda tenta romper o clima desagradável. Faz uma sugestão, a esmo:

— Por que não conta pra gente aquelas suas histórias... Coisas da sua vida de princesa de Orléans, hein, Gloriosa?

Diante do tema irrecusável, Gloriosa tenta se recompor da saia justa. Mas faz-se de rogada, para valorizar a cena:

— Ai, de novo? Sei lá, são lembranças tantas, tão sofridas... — Ela faz uma pausa de efeito; então irrompe histriônica, como gosta.

— Olha, bichas, tem uma história que vocês ainda não sabem, tenho certeza. Nossa família exilada em Goa. Aconteceu depois do estupro de mamãe e de minhas irmãs. Bom, foi uma loucura, vocês precisavam ver quanto sangue. — Lili e Dalila se entreolham. Abelha ouve com ar de tédio. — Goa ficou metade queimada. Só conseguimos escapar por um milagre, porque os ingleses ajudaram. Se dependesse dos portugueses, já viu... eu não estava aqui pra contar. Papai ficou meio transtornado. Para me salvar, me mandou estudar na Suíça. É isso que não contei pra vocês. Eu...

Dalila interrompe, no tempo exato, para provocar:

— Fala um pouquinho de francês pra gente, vai, Glô?

— Bonjour, madame, ça va? Ça va bien, ma chérie, merci. Et vous? — Gloriosa se empolga, levanta-se e anda, sacudindo seus cabelos ruivos. — Na Suíça eu fui colega, sabem de quem? Gentem, do filho do rei Balduíno da Bélgica! Era um bofinho escândalo. Meio arredio. Mas safado como ele só. Uma vez...

Lili, entre entediada e maldosa, se interpõe:

— Gente, sabe o que eu pensei? Adivinhem!

Pausa de expectativa. Todo o grupo encara Lili.

— Vamos fazer a coroação da Gloriosa? Como é que a gente nunca pensou? Gloriosa de Orléans, a rainha das Travecas.

Dalila incentiva:

— Arrasou! Enquanto isso, as beterrabas vão cozinhando.

* * *

Um som de órgão invade a sala de estar iluminada. A mesinha de centro foi afastada. As Afrodites sentam-se nos sofás, agora como plateia. Gloriosa irrompe com ares de majestade, que seria convincente caso não ostentasse uma toalha de mesa improvisada de manto e, à guisa de coroa, o escorredor enfiado na cabeça, folhas murchas de beterraba espetadas nos furos. Pelo poderoso sistema de som, nem o órgão barroco de Johann Sebastian Bach consegue validar a suposta soberania. Gloriosa faz uma parada dramática e levanta seu cetro, um nabo avantajado. Diante do grupo, que se diverte às gargalhadas, a monarca se pronuncia:

— Eu, Gloriosa Aparecida Sílvia von Kleist de Orléans, legítima herdeira do trono brasileiro, prometo neste solene momento que...

— Ah, não, essa não!

O brado de revolta não vem da mera plebe. É Abelha Rainha que o emite. Num repente, levanta-se e se interpõe diante de Gloriosa. Sua fúria desmedida deixa claro, só agora, que está chapada até o último pino:

— Chega de frescura, viado! Se tem alguma rainha aqui, essa sou eu, a Abelha, Rainha por natureza. Além do mais, você está usando o meu compositor predileto, a minha música e o meu CD, sem autorização prévia. Isso é uma completa e intolerável usurpação da minha soberania.

A música de órgão adquire tons ameaçadores e agora soa invasora. Hegemônica, locupletando o espaço inteiro da sala. Ante o olhar atônito das espectadoras, Abelha arranca de um só golpe o escorredor-coroa de Gloriosa, puxa sua capa e joga tudo para longe. Tira do sutiã sua pistola Beretta e a empunha pomposamente como um cetro.

— Aqui a soberana sou eu. A única, caralho.

Passado um primeiro momento de estupefação, uma Gloriosa enfurecida pula sobre Abelha e a golpeia com o nabo, que não resiste e voa aos pedaços. Subitamente possuída, Abelha coloca a pistola contra a cabeça da outra. Mais do que chapada, parece fora de si:

— Estou falando a sério, Gloriosa. Eu não abro mão: a Rainha aqui sou eu. Melhor relaxar e aproveitar as delícias do meu reinado.

Marcando os acordes paranoicos da passacaglia de Bach, Abelha passeia pelo salão. Com solenidade imperial, despeja um olhar desvairado sobre o resto do mundo:

— Que saco. Estou de saco cheio. Da humanidade, da vida. Então chega. A partir de agora, aqui está a rainha Carlota II. A Sábia, apesar do saco cheio. Chega de besteirinhas, mentirinhas, brincadeirinhas. É a vontade de uma rainha, entendem? Se ninguém faz nada, minha missão é esta: declaro inaugurado nesta casa o meu império e um novo país, o país do Pau Brasil, entendem? Pau em brasa, onde só haverá radicalidade.

As Afrodites da Pauliceia olham a cena perplexas. Mas não sem fascínio. Gloriosa senta-se a contragosto. Lili começa a aplaudir, em tom gozador. As travestis vão se descontraindo. Riem no escracho.

— Gentem, a Abelha pirou de vez!
— Baixou a Pomba Gira na mona.
— Carlota II, afe! A bicha tá muito pirada.

Gloriosa não contém um sorriso, mais calma. O órgão de Johann Sebastian Bach ainda soa enfurecido. Vibrações quase malignas. Abelha guarda a Beretta .32. Continua sua oratória inflamada:

— É isso que não aguento mais: o jeitinho. Nesta terra descoberta por Cabral só tem puxa-saco. — Abelha ri estranhamente, dona de si. — O cordão dos puxa-sacos cada vez aumenta mais. Aqui neste país um puxa o saco do outro, e de quem está lá em cima. Começa pelas elites que vampirizam o povo. Que fazem leis para si mesmas. Uma gente que apodreceu tudo...

Nesse momento, advém o inevitável. Abelha, a soberana, desaba ao chão, esgotada. As travestis a acodem. Menininha entra agitada na sala.

Ninguém parece ter se dado conta de que já anoiteceu. Ouvem-se latidos dos cachorros. Lili não se comove com os delírios de Abelha. Já os conhece desde outros carnavais. Os latidos aumentam. Lili tem um pressentimento. Assusta-se. Corre até a janela da sala de visitas, olha para fora. Vê um vulto passando sorrateiro, às pressas. Dispara em direção ao hall de entrada, tropeça numa cadeira, tem dificuldade em abrir a porta.

— Me ajudem aqui. Tem gente lá fora!

As travestis acorrem desarvoradas. Abelha resta aos cuidados de Menininha.

Os cães latem enfurecidos. Do lado de fora da mansão, as meninas vasculham com o olhar a alameda, os caramanchões, os canteiros. Percebem um vulto que corre em direção ao estacionamento. Alguém dá a pista. As quatro saem atropeladamente no encalço do invasor. Lili o alcança e derruba. É o pastor Clorisvaldo. Que estrebucha no chão como um condenado à morte:

— Sai, capeta, sai, Exu. O Senhor é meu pastor. Em cima de mim não, seu filho da puta.

As demais Afrodites ajudam a imobilizá-lo. Levam-no arrastado de volta para a mansão.

Sequencial 21

Hora da sopa. Pratos com *borsch* de beterraba. Suculento, sanguíneo. Cestos de pães. Queijos vários. Sucos de caixa, servidos nos copos. Apetite generalizado. Políticos e travestis, sentados alternadamente, compartilham também o silêncio, enquanto jantam. Menos Abelha e Menininha.

Andando lentamente em torno à mesa, Abelha ainda usa seu belo vestido negro. Traz a pistola na mão direita, o leque fechado na esquerda. Clima opressivo. Silenciosa, Abelha repassa os semblantes. Os homens se entreolham desconfiados. Inseguros. Clorisvaldo apresenta escoriações em todo o rosto. As travestis comem quase tranquilas. Sabem que o problema não é com elas. Mas não há certeza absoluta. Nunca.

A um canto, Menininha atenta, depois de servir o jantar. Abelha fala, marcando o ritmo com batidas do leque sobre a pistola:

— Como mandatária legítima desta merda, vou exigir obediência às minhas ordens. Nós precisamos de regras claras. Para evitar problemas. Vocês podem perguntar: "mas quem é essa para exigir alguma coisa?". Bem, sou a Rainha. E o motivo para observarem minha estrita disciplina está aqui.

Com a ponta do leque, Abelha puxa uma corrente do pescoço. Da qual pende um recipiente de metal. Comprido como um vidrinho.

— Isto contém veneno. Não um único, mas um coquetel de vários venenos mortais, que é para garantir um resultado rápido e sem antídoto possível. Umas gotinhas numa caixa-d'água podem matar uma família inteira e todos os parentes que vieram à festinha de aniversário. Os efeitos começam em quinze minutos. Dependendo da pessoa, a morte pode demorar um pouco mais... uma hora no máximo. Vai paralisando os músculos do corpo todo. Provoca convulsões. Asfixia. Desespero.

Abelha arfa, teatralmente. Faz uma pausa para examinar o efeito. O jantar fica mais lento. Ao redor da mesa, movimentos incertos. Os convivas observam. Entreolham-se. Ora incrédulos. Ora inseguros. Abelha aponta para o recipiente em seu pescoço:

— Eu sempre trago comigo, para o caso de decidir... Bem, se estiver cansada demais da vida, tenho uma solução à mão. — Pausa teatral; Abelha toma ares solenes e explica lentamente. — Mas vocês sabem, tudo pode vazar. De repente, agora mesmo, o veneno pode casualmente ter se misturado a essa deliciosa sopa russa... aí em seus pratos.

Clorisvaldo, Hermes e Grinalda engasgam. Gloriosa e Dalila deixam cair as colheres. Lili para de tomar a sopa. Perplexa. Os políticos se entreolham. Boquiabertos, impotentes, as colheres paradas no ar. Rostos amedrontados, sem exceção. Abelha emite um risinho que pareceria legítimo, não fosse tão ambíguo:

— Mas podem ficar sossegados. A sopa não foi envenenada...

Os olhares voltados para ela não denotam nenhuma convicção. Parecem hipnotizados de terror. Abelha aproveita a pausa dramática. Senta-se num lugar reservado, à ponta da mesa. Guarda pacientemente seus badulaques. Abre um largo sorriso para os convivas. Sorve uma colherada do seu prato. Ninguém se move, à espera do efeito maléfico. Abelha controla a cena com perfeição dramatúrgica. Nem a mais vil das vilãs, na mão do mais genial roteirista, superaria suas pausas precisas, maquiavélicas. Enquanto comenta:

— Gente, a sopa está uma delícia! É o melhor *borsch* russo que já tomei. Uso essa receita faz tempo. Mas Menininha aprendeu e me superou. — Ela se vira, sorrindo para as colegas. — Valeu a pena o trabalho coletivo, viu, meninas? Só faltou o raminho de alecrim no prato. Mas isso é um detalhe. Sirvam-se. — Ela apimenta o sorriso. — Sirvam-se, por favor.

Ninguém ousa. Na copa, ouve-se apenas seu talher movendo-se no prato. Sem mudar o tom, a Rainha aproveita um intervalo. E proclama, certeira:

— Fiquem tranquilos. Tudo vai ser bem resolvido, tão logo o dinheiro entre e a dívida seja saldada. Com a devida urgência, não é, dr. Otávio? Enquanto isso, não tentem fugir nem se rebelar, porque não sou uma bicha piedosa. Acho que já me conhecem o suficiente, não é? Quando sou boa, sou ótima, mas quando sou má, sou melhor ainda! Aprendi com a Mae West, é claro.

Continua sorvendo a sopa. Ante o olhar ainda incrédulo dos comensais, culmina, com estudada neutralidade:

— Bom apetite a todas!

Após o jantar, Abelha está de volta à suíte. Chama Menininha:
— Tenho uma surpresa, meu bem.

Retira da sua mala um invólucro do tipo porta-roupa. Estende-o sobre a cama, abre o zíper e vai retirando um vestido branco cuidadosamente condicionado. Desdobra-o diante do corpo, para demonstrar o delicioso caimento do tecido vaporoso. De seda branca perolada. Menininha observa fascinada os detalhes do corpete com largo decote em V, frente única que passa por detrás do pescoço. A saia rodada ao estilo anos 1950, finamente plissada. Na cintura, uma longa fita terminando em laço. Menininha, perplexa. Aquele vestido lhe parece um tesouro, desses que só as mulheres têm o condão — e as curvas — para portar. E Abelha:

— Gostou? Copiei de um filme e mandei fazer pra mim. Igual ao da Marilyn Monroe. Foi o primeiro vestido que usei. Eu vestia escondido e ligava o ventilador de baixo para cima, pra deixar o vestido esvoaçando, como naquela cena famosa que... — Abelha para; dá-se conta de que existe uma eternidade entre ambas. — Não importa, a cena não é do seu tempo. Nem a atriz, Marilyn Monroe. — Ela fecha os olhos, suspira com sinceridade. — Ah, essa foi a mulher mais sexy que Deus botou no mundo.

Abelha se comove e baixa a cabeça, ante o súbito peso das lembranças. Da sua própria vida. Das deusas do cinema. De como é imensa a história do mundo que passa por ela.

— É seu, meu bem. Mandei reformar na sua medida.

Entrega o vestido nas mãos de Menininha. Emudecida de encantamento, a garota mal consegue tocar a delicadeza da seda. Sente-se privilegiada por ver, apalpar e, acima de tudo, ter o dom de amar algo de tão mágica beleza.

Mas há mais. Abelha apanha na mala uma caixa de couro trabalhado. Passa para Menininha.

— São minhas joias. Use quando quiser. Para brilhar, quando precisar.

Há um momento cuja solenidade Abelha não consegue evitar:

— Agora ouça bem. Caso me aconteça alguma coisa, deixei uma carta com instruções para você. Está num envelope vermelho, dentro do gavetão onde ficam trancados os celulares. É muito importante. Leia na hora devida. Você vai saber quando.

Sequencial 22

Sem conseguir dormir, Abelha se revira em meio aos lençóis empapados de suor. Levanta-se. Ofegante. Trôpega.
　Na pia do banheiro, lava o rosto. Contempla ao espelho o que resta da sua alma. O amargor mais legítimo. Não diz nada. Nada tem a dizer para os sinais que vê refletidos claramente e sem surpresa. Afinal, não se somaram expectativas às convicções há muito conhecidas. Futuro é um conceito vago, frágil. Mirabolante demais para ser levado a sério. Assusta-se ao ouvir um celular tocando ao longe. Não demora a se dar conta. O ruído vem do gavetão trancado.
　Abelha corre até o closet, aos tropeções. Menininha acorda. Ajuda a localizar o telefone que toca debaixo de vários outros aparelhos. É o celular de Otávio.

　Batem à porta. Menininha corre atender. Abelha dá uns tapinhas no rosto para reanimar. A Beretta já está na palma da sua mão.
　Lili entra com Otávio. Apressadamente desamarra seus pulsos. Sinais de ansiedade em todos os rostos. É o grande momento. Abelha passa o celular a Otávio:
　— Tocou sem parar. Cuidado com o que vai dizer, O.k.? Eu estou aqui, atenta e firme.
　A pistola encosta em sua têmpora. Otávio retorna o chamado:
　— Alô.
　Otávio ouve:
　— Ah, meu bem, você... Não, querida.
　Frustração nos semblantes. Otávio prossegue:
　— Não, estava tomando banho e deixei o celular carregando... (Ouve.) É. Tudo ótimo... (Ouve.) É, o encontro foi muito positivo.

E as crianças? (Ouve.)... Não, não tem problema. Volte quando achar melhor. Elas adoram passar férias em Miami, né? Não se preocupe... (Ouve.) Tá bom, tá bom. Feliz Páscoa pra todos aí. Beijos nas crianças. (Ouve.)... Outro pra você. Divirtam-se.

Abelha não resiste, inquieta:
— Caralho, quando é que esse doleiro vai telefonar?
Aflito, Otávio explica, quase se desculpando:
— Ele deve estar ocupado demais nos feriados. A gente tem que esperar. O Lopes é muito atencioso com os clientes. Não demora e ele liga... com certeza.

Abelha recolhe celular e pistola para dentro da sua bolsa. Faz menção de dispensar Otávio. Que resiste:
— Queria falar com você. Não vou tomar muito tempo. — Ele olha para os lados de Lili. — A sós... Por favor.

Abelha faz um gesto de assentimento, pleno de má vontade.
— Espera aí fora, Lili. Não vai demorar.

Lili entrega o cordão de amarrar Otávio. Sai. Menininha fecha a porta detrás dela.

Abelha senta-se numa poltrona. Pernas cruzadas, em sua elegantíssima decadência. Otávio se abaixa aos seus pés.
— Marcão... quero dizer, Vera... Abelha...
Abelha, cruel:
— Não, não. Carlota! Rainha Carlota.
Otávio, constrangido:
— Carlota...? Rainha?
Abelha, impaciente:
— Não é a Carlota Joaquina Teresa Caetana de Bourbon y Bourbon, a inesquecível mulher de d. João VI. Eu sou a rainha Carlota II. — Abelha faz uma pausa e aponta para si mesma. — A Sábia...
Otávio, entre a surpresa e a impaciência:
— O.k., o.k. A gente se conhece faz tempo, poxa!
— Desde a universidade.
— Sim, fizemos uma parte do curso juntos... Então, vamos conversar como parceiros. A questão da grana. A gente pode chegar num acordo... quanto ao montante... O meu pessoal...
— Eu já disse: chega de acordos.

— Tá bom, tá bom. Só não quero escândalo, pelo amor de Deus.

O que Abelha vê aos seus pés é um homem derrotado. Pensa melhor. Um fraco. Repensa. Ou estaria botando pose de fraco. Por conveniência. Ela ouve:

— Abelha. Eu... eu tenho medo. — Otávio hesita e fala quase para si mesmo. — Só espero que você não esteja embarcando numas de... ficar louca.

— Eu, ficar louca? Mas eu sempre fui louca, você sabe disso. Um professor universitário que sai de noite batendo calçada vestido de mulher, o que é? Louca, louca varrida! — Ela faz uma pausa, olha sarcástica. — E o macho alfa aí, bateu asas, voou?

— Taí, eu sempre fui o bacana, gostosão, metido a besta, o... alfa. Você é... inteligente. Marcão, o aluno mais brilhante da turma.

— Ih, para com isso. O Marcão não está mais neste mundo!

— O.k., desculpe, Abelha. Eu... eu sei que você não é um marginal como esses travestis. Tenho certeza!

— Ora, não seja hipócrita, Tavinho. Você cansou de usar o trabalho delas. Depois, sabe muito bem que eu sou a mais marginal de todas. A única diferença entre elas e eu é que essas meninas são mais ignorantes e eu mais informada. Sou a rainha, elas são as súditas. Guerreiras. Mas súditas.

— Mas você não é louco... isso é o que eu quero dizer. Foi... foi só cocaína demais, não é?

Abelha ri, teatral. Espírito de Joan Crawford assomando. Pronta para a grande diatribe.

— Ora, ora, nem vem, Tavinho. Sem essa, agora! Cheiro muito menos que você, seu porco depravado. Eu te conheço mais do que você imagina. Pensa que não sei dos teus negócios com o tráfico? Por acaso, o caixa dois do teu partido vem de onde, dr. Otávio Mansur? Não é só das tramoias políticas pra desviar dinheiro público, meu bem. Sei em detalhes como você construiu sua fortuna. Afinal nós dois tínhamos o mesmo fornecedor de pó. Fo-de-ro-so! Eu conheci o cara, de cama e mesa... principalmente de cama. E você sabe tanto quanto eu que não existe segredo em alcova. Afinal, você já passou por um zilhão de camas. De todos os tipos e sexos, diga-se de passagem. Antes de partir pra outra. Casou por pressão da família e submergiu. Pra garantir o dinheiro do tráfico alimentando suas empresas, por debaixo dos panos. E em parte desviado pra esse seu partidinho escroto. Se balançar tua montanha de dólar vai chover cocaína, Tavinho. E não é só porque você prefere nota de dólar pra cheirar... Teus dólares...

— Tá bom, tá bom. Não vamos discutir sobre isso. A gente pode chegar a um acordo, não pode?

— Depende de quanto.

— Quanto... Vamos dizer que... isso não é o maior problema. Estou aguardando o meu doleiro, o Lopes, ele vai ligar logo mais... espero. Eu te reembolso e ainda por cima te indenizo pela grosseria que cometi no primeiro dia. — Ele olha para Abelha, com ar de desamparo. — Mas você não pirou, né? Isso de rainha é brincadeira, só fantasia, não é? Ninguém pode viver assim, de pura fantasia. Muito menos você...

— Eu? Mas eu adoro fantasia, não percebeu ainda? Eu quero ser uma entidade da fantasia. Irreal. Totalmente inumana. Verdadeiramente desencarnada, meu filho!

— Eu me recuso a achar que você enlouqueceu... Que vai fazer alguma loucura com a gente, quero dizer... O meu pessoal está com muito medo, Rainha, porque...

Otávio gagueja e enterra a cabeça entre as pernas de Abelha. Com um gesto de estudado enfado, Abelha empurra sua cabeça para trás e determina:

— A audiência está terminada.

Faz sinal para Menininha, que abre a porta. Lili entra. Abelha olha, com ar de majestade cansada:

— Pode levar o mordomo, Holiday.

Lili amarra de novo os pulsos de Otávio. E o empurra para fora da suíte.

No closet há roupas femininas pelo chão. Em desmazelo de pura rebelião, *tanta ordem inútil doentia, pra que essa ordem de cemitério?* Abelha joga a cabeça para os lados, vez ou outra. Movimento compulsivo, de parco sentido. Procura de modo errático. Mexe em cabides e gavetões. Balbucia algum pensamento delirante que nem ela sabe interpretar. Seu rosto está todo branco. A máscara de creme regenerador recém-aplicada como um acréscimo de irrealidade, *preciso acabar com essas rugas, mais um pouco e estou com cara de megera.* Procura algo quem sabe uma fantasia para a alma se existissem fantasias para almas perdidas como eu meu Deus em que lugar da galáxia iria encontrar. Então se vê diante de um conjunto. Examina com interesse. Roupão noturno de mangas longas e largas, em seda branca finíssima, camisola combinando, aplicações em crochê na parte superior. Para amarrar na cintura, uma fita também em seda. Abelha se veste inspirando fundo algum alívio que a seda lhe traz, não quer se olhar ao espelho, basta saber que está coberta de seda, ah, alívio e leveza beirando a paz. Suspira, *finalmente a fantasia exata para resgatar minha alma sedenta, ah, eis aqui a magia da seda que aplaca dores sem remédio.*

Os olhos de Menininha faíscam no escuro da suíte. Silentes olhando.

Sequencial 23

Luz de abajur na cabeceira da suíte máster. Lili está com Otávio na cama king size.

Leonilson, no sofá ao lado, espia e disfarça, enquanto balança a cabeça sem razão.

Pelo chão, vários pinos de cocaína vazios.

Otávio acaba de cheirar uma carreira nas costas da mão. Junta o restinho do pó e esfrega na gengiva. Levanta o nariz, aspira fundo, em busca de alguma euforia.

— É, essa Abelha, não sei não. Estou achando meio descontrolada, meio assim... esquisita demais, sei lá. Não boto muita fé, não.

— Deixa pra lá, meu bem. Eu conheço a Abelha. É só grandeza de pó, foi demais da conta. Depois passa.

— Melhor ficar esperto. — Pausa. — Não está a fim de curtir uma brisa?

— Durante o trabalho, nem pensar. Eu só te passei os pinos que tinha de extra. Pó, só pra cliente...

Em agitação histriônica, Otávio faz sinal, chamando Leonilson:

— Vem cá, rapaz! Relaxa e goza. Você entupiu o nariz pra quê? Vem cá. Não seja otário...

Leonilson vira o rosto, indignado. Mas já não controla os tiques nervosos.

Lili insiste:

— Vem cá, meu amor, vem! É gostoso a três.

Descobre os seios. Em meio a um tiroteio de dúvidas, Leonilson se defende:

— Sem essa de aids pra cima de mim, cara.

— Para com isso, Leo. Hoje em dia esse papo de aids já era.

— Já era, uma ova. Eu tenho família...

— Eu também. A gente usa camisinha e a família está salva. Vem cá, rapaz!

Otávio chupa lascivamente os peitos de Lili. Leonilson olha. Lentamente, entre idas e vindas, vai se levantando. Seu rosto se contrai. Tiques crescentes de quem cheirou todas. Algo mais forte que sua vontade o move. Dá uns passos. Estaca, morde os lábios. Olha para os lados em paranoia explícita. Titubeia novamente, querendo ir adiante. Mas se contém. Até que, de um só ímpeto, avança. E se deita na cama, ao lado de Lili, ela de recheio num sanduíche de machos.

— Nossa, que delícia, dois de uma vez!

— Agora pode contar pro Leo quantas vezes a gente já transou, Lili. Eu e você.

Otávio não contém o riso sardônico diante da reação surpresa de Leonilson. Que oscila entre se afastar e se juntar ainda mais:

— Vocês dois?

— Nós dois, sim! Foi Abelha quem me apresentou o Tavinho. É que ele tem um fraco por bicha-dragão, assim grandona como eu.

Há um ar de safadeza ambígua no rosto de Lili. Sorrateiramente, recosta-se na guarda da cama. Parece ter um plano em execução. Acaricia o pau de Otávio e o peito de Leonilson, enquanto se esgueira e aos poucos sai do sanduíche. Senta-se na ponta da cama. Contempla. Dois machos frente a frente. Ao se dar conta, Leonilson faz menção de se afastar. Inquieta-se. Lili o tranquiliza com carinhos no peito. Dá continuidade ao seu plano. Conversa com Otávio:

— Faz bem uns cinco anos que a gente se conhece, não é, meu amor? Sempre te achei um bofão. Você frequentava outras amigas minhas, lá na Rego Freitas. Depois continuou no Jockey Club. Lembra aquela vez na boate? Aquela boate de viado...

— É, foi bom demais. Mas não confunda as coisas, hein. Só transo traveco, tá? Sem essa de viado, que isso eu não curto!

— Credo, eu também não! Detesto! Só transo com maricona por obrigação.

Lili dá uma risada de franca satisfação, sentada ao pé da cama.

Agitados ambos, Leonilson e Otávio se movem. Tocam-se. Involuntariamente, e se retraem. Otávio funga, refreia-se. Faz menção de repetir o toque. Leonilson se defende. Na noia da cocaína:

— Nem vem, cara! Eu aqui sou macho alfa, porra. Comigo, basta estalar o dedo que a mulherada aparece. Do nada.

Otávio revida. Indignado e quase ofendido, no mesmo jogo da noia. — Sem essa, Leoni! Se tem um macho alfa aqui, sou eu, cara!

E Leonilson, no pique do pó:

— Meu lance é a sedução natural, tá sabendo? Nasci com esse talento. Sou um cara de atitude. Um macho de verdade. Elas farejam. Sem essa de... vir com a mãozinha... Sai fora, porra.

Otávio revida. No mesmo tom:

— Pois eu não peço, eu mando, ô moleque. E não é só mulher não. Não estou certo, Lili? Chupa aí, vai!

Lili tira as calças de Otávio. Amarfanha seu pinto ainda mole, sob a cueca. Depois, vence a resistência inicial de um Leonilson ambivalente. Vai baixando as calças dele também. Enquanto fala com Otávio:

— É verdade, meu bem. Você sempre foi um garanhão. Vivia trepando com mulher dos outros. Teve até uma loirona que você apresentou pra mim e pra Abelha. Num restaurante, lembra?

Sem se dar conta do roteiro que Lili executa, Otávio esfrega o pau. Cacoete de lascívia. Imagina-se sarcástico e mais descontraído do que está, ao comentar:

— Qual delas? Perdi a conta das loironas que comi...

— Aquela mulher de um amigo teu.

Otávio tem um primeiro susto. Olha para Lili. Incrédulo. Não consegue evitar um tique nervoso. Desses de morder orelha. Procura nova posição, confuso. Deixa o pau de lado. Por compulsão, Leonilson reverbera os tiques de Otávio. E Lili, ainda sentada na cama:

— Você ria muito, não lembra? Porque o marido dela nem desconfiava. Nossa! Vocês estavam apaixonadésimos. Ela, mais ainda!

Leonilson olha para Otávio. Um pouco inquieto. Mexe-se para se acomodar melhor. Em vão.

Lili encena um olhar neutro. Mira lugar nenhum, como a afastar qualquer suspeita. Sua fala soa lenta. Tom de declaração aleatória:

— Ela dizia que gostava muito de você porque era bom de cama... Que o marido dela não era de nada... O marido... um industrial, acho... era mais novo que ela... Diz que era um tesão por fora. Mas

por dentro, tipo belotônio. — Lili faz gesto de dedo mole, para baixo.
— Era assim que ela falava, né, Otávio?
— Não. Se diz "belo antônio", porra... Boa-pinta, mas o pau não sobe.
Só então Otávio se dá conta da imprudência cometida. Tarde demais. Já pisou em pleno terreno pantanoso. Disfarça, agarra Lili. Nervosamente:
— Vem cá, ô boneca. Chega de prosa fiada, porra!
Leonilson não esconde um ar de crescente perplexidade. Uma suspeita sobe-lhe do estômago, entre nojo e fúria.
Lili resiste. Tira a mão com que Otávio agarra seu quadril. Coloca-a sobre o rosto de Leonilson. Otávio tem um primeiro impulso de retirá-la. Mas deixa. Leonilson se retesa, temeroso de um segundo bote. Lili se levanta da cama. Vai apanhar alguma coisa, um disfarce. Prossegue sua narrativa:
— Então, a loirona. Ela gostava muito de Nova York. Você e ela até chegaram a ir, uma vez. Diziam que era lua de mel. É ou não é, Otávio?
Encabulado, Otávio recolhe a mão do rosto de Leonilson. Seus tiques de morder orelha aumentam:
— Sem essa, Lili. Que é que há!...
Receando embarcar na suspeita, Leonilson retém a explosão que sobe. E Lili, para Otávio, cutucando a ferida:
— Não fique chateado, benzinho. Ser garanhão só prova que você não era viado. Ao contrário, era macho alfa. Pra caralho.
— Porra, Lili, qual é? Não tô achando graça nenhuma, porra!
— Pois eu sim — diz Lili, alçando a voz num supetão, como quem domina o jogo. Veste um ar falsamente risonho, antes de continuar: — Como era mesmo o nome do seu amigo... o marido da loirona?
Otávio, em perfeito ato falho, olha para Leonilson. Mas corrige a tempo, desvia o olhar. Morde obcecadamente o lábio inferior, que treme:
— Não lembro, porra!
— Lembra sim, meu bem. Você e ela viviam fazendo brincadeira com o nome do marido.

Quase em estupor, Leonilson movimenta os olhos entre Otávio e Lili. Antecipando:
— Vocês... Que história é essa, caralho?
Otávio percebe a armadilha. Intervém conciliador, mas nervoso:
— Calma, Leo, calma. Não vai pensar nenhuma bobagem.
Lili movimenta-se em campo próprio. Pérfida, triunfante.
— Ah, lembrei. O apelido do marido era... Corno man... quer dizer, Leão Manso!
E Otávio, à beira do estupor:
— Para de falar merda, ô negão.
— Ué, você contou essa história num jantar pra mim e pra Abelha...
— Sem essa, viado! Eu nunca jantei com vocês, ô maloqueiro. Vai tomar no cu.
Leonilson encara Otávio. Começa a bufar:
— Você... com a Marcela? Minha mulher?
Otávio recua. Acuado no outro canto da cama:
— Não é nada disso. É intriga desse viado safado. Eu não ia falar das minhas intimidades com um cara escroto assim.
Lili revida:
— Ih, meu bem, com o nariz cheio de pó a gente fala mais do que a boca.
Leonilson encara Otávio com ódio redobrado. A violência da revelação o desnorteou, mas agora:
— Filho da puta, agora encaixa tudo, porra...
— Encaixa o quê, Leoni? Você vai acreditar na conversa desse cuzão aí?
Lili passa ao largo da ofensa. Com estudada certeza, insiste:
— Bom, é a minha palavra contra a sua, dr. Otávio. Eu só falo o que ouço.
— Puta que pariu, eu não posso acreditar! — grita Leonilson, cara distorcida de perplexidade. — Você, seu cafajeste, filho da puta...
— Pô, Leoni. Eu e Marcela éramos bons amigos. Só isso, porra! Você sabe...
Sem mais se conter, Leonilson jorra ódio:
— Puta que pariu! Você, pessoa da minha confiança, comendo a minha mulher, na moita. É isso? Seu Ricardão filho da puta. Então,

os dois... Aquela história de... Você não saía da minha casa. Vivia me fazendo convite pra jantar a três... Eu não ia, sempre ocupado com a construção da usina. Aí, você e aquela vaca... Caralho, como é que eu... Puta que pariu!

De um salto, Leonilson desfere um murro no rosto de Otávio.

— Filho da puta, safado! Eu vou foder com a tua vida...

Otávio se defende. Revida.

— Filho da puta é você, seu corno. Vai me foder porra nenhuma.

Lili esgueira-se teatralmente até um canto do quarto. Deixa o centro da cena em que agora é só figuração.

Otávio se levanta da cama. Desarvorado. Leonilson pula e dispara atrás dele. No meio do quarto, Leonilson agarra Otávio com braços de ferro. E vitupera:

— É isso, me fazendo de corno, seu filho da puta. Pra provar que... que é machão. Pois você nunca me enganou. Sempre foi um viado encubado.

— Epa, isso também já é demais. Viado não! Eu sou muito macho, caralho.

Os dois se engalfinham.

Lili assiste a tudo com um olhar oblíquo. Tão falsamente inocente que faria a velha Odete Roitman se roer de inveja. Enquanto os dois bofes se esmurram no ringue.

— Vai tomar no cu, viado filho da puta.

— Viado é você, seu cornudo.

— Bichona escrota, isso é o que você sempre foi.

— Eu, bichona? Sua mulher só começou comigo porque você... Você não dá no couro nem com sua mulher, ô cornudo! Vai, vai tomar no seu cu, porra.

— Vai tomar no cu o caralho. Se aquela periguete te contava mentira, fique sabendo que... Eu sempre fui bom de cama, porra. Sempre cumpri com as obrigações de marido. Comigo ela não tinha do que reclamar, caralho.

— Obrigações de marido!... Haha! Sem essa, porra. Se a Marcela não tinha do que reclamar, pra que ia te chifrar? Ela me contava coisas, ô Leozinho... Corno.

— Contava o quê, seu filho da puta, contava o quê? Antes de casar eu já era... Na nossa turma até hoje eles lembram da minha fama. Eu era o maior comedor de cu. Mas cu de mulher, entendeu? Eu tenho orgulho disso. — Leonilson apalpa o sexo. — Você até quis provar, pensa que não lembro? Tava bêbado e ficou se esfregando em mim. Numa festa lá em casa, caralho! Sai fora, boiola!

Os dois homens trocam tapaços e chutes. Nem sempre com sucesso. Otávio dá a estocada fatal:

— Boiola é você, viado escroto. O Hermes te sustentou a vida inteira. Lá em Brasília, até nas praças se comenta isso, cara.

Há um pequeno intervalo de choque imobilizador entre os dois machos que bufam. Leonilson resfolega, incrédulo.

— Comenta o quê, comenta o quê? Quem? Eu conquistei tudo com meu próprio suor, porra. Se precisei de uma mãozinha, foi pra deslanchar meu talento de empresário. O Hermes tinha obrigação de me ajudar. Eu era um moleque pobre, caralho!

E se agarram de novo. E mais tapas.

Lili acompanha a cena francamente deliciada ante o roteiro que correu à perfeição. Apanha sua navalha. Volta a sentar-se na cama. E começa a limpar as unhas dos pés. Sem pressa. Debaixo da luz, a mecha vermelha do seu cabelo reluz de plenitude.

Otávio vem com mais impacto:

— É isso aí, exatamente. Eu conheço tua história, Leoni. Sabe o que você era? Garoto de programa lá em Brasília. Michê, porra! Atendia os senadores. Até que o Hermes te tirou da sarjeta. Mas não foi grátis, não. Entrou muita grana na jogada. Pra isso você era puto. Se vendia. Vendia teu corpo, que nem puta de beira de estrada.

Otávio apara um chute, que resvala no meio das suas pernas.

— Ai, caralho, golpe baixo, seu filho da puta.

E Leonilson chuta de novo. Enquanto revela o detalhe culminante:

— Eu era puto sim, mas fique sabendo: nem o Hermes nem senador nenhum nunca tocou na minha bunda. Nunca dei essa liberdade, entendeu? Porque essa não é a minha. Já você...

Bufam e babam e chutam. Otávio se afasta para revidar.

— Vai saber! Você faria qualquer negócio, Leozinho. Vulgo... Como era mesmo? Teu nome de guerra...Teo? Ted? O Hermes encheu teu cu de grana. Você não seria nada sem ele, seu bosta. Tudo o que você é hoje tem dinheiro dele por trás. Nessa sua usina, quem é sócio? Quem? O dr. Hermes. Que conseguiu muito financiamento barato do governo. Foi uma vida inteira, você e o Hermes trocando favores na cama. Entre quatro paredes, cu não tem dono, cara.

Leonilson pula sobre Otávio e o golpeia pelas costas. Indignado.

— Não repita isso, porra, eu não admito. Ali eu sempre fui o macho. Eu fazia o que qualquer macho faz quando provocado, tá entendendo? O Hermes vestia calcinha de mulher pra trepar. Queria que eu chamasse ele de Memeia. Eu comia o puto porque gosto de ser macho. Você já não, seu viado filho da puta. Já perdeu a conta de quantas vezes deu o cu pra essa travecada nojenta...

Na cama, Lili tem um tremor de indignação. Levanta os olhos. Mas se contém. Maneja a navalha com precisão nas unhas do pé. Está tudo sob controle. Muito Cleópatra, arguta e sabida, espreita aquele embate. No fundo, dissimulado. Sabe que nesses tapas e socos de macho existe algo além. Um ódio complacente, pastoso, pegajoso. Que almeja mais.

Otávio tenta se desvencilhar. Ataca, com lance de nocaute:

— E você? Pensa que ninguém sabe? Continuou sendo michetão a vida inteira, caralho. Sabe como? Casou com a filha do Hermes, porra. Pra encobrir as aparências, casou com a Marcela. É ou não é? Pra esconder seu caso com o sogro, seu baitola. Pensa que a Marcela não sabe? Você com o pai dela... Ela te chifrava por quê? Porque sabe que você nunca teve vergonha na cara. Você, Leonilson, nasceu puto e vai ser puto a vida inteira. — Otávio empurra o contendor. — Vai se foder, seu descarado.

Leonilson tenta revidar ao insulto. Mas nenhuma palavra iria acrescentar nada à fúria que lhe sobe de algum ponto do peito. Selvagem, assassina. Atira-se sobre Otávio e o agarra inteiro. Aos murros, pontapés, cabeçadas finais. Está desvairado, possuído por algum demônio cuja máscara foi tirada. E se comporta como tal.

Ofegante, a barriga pesando demais, Otávio se debate até conseguir se soltar. Escapole. O sangue lhe escorre do nariz. Nas costas, arranhões. Corre a esmo até o banheiro. Leonilson o persegue.

Lili fecha a navalha. Esconde na bolsa. E vira-se de lado, na cama. Para se refrescar, tira a calcinha. Ouve gritos e xingamentos abafados no banheiro. Começa a cochilar.

Abelha abre a porta da sua suíte. Respira fundo. Sai perambulando em desvario, zumbi de nariz vago que só o pó preenche. Há brisa. As laterais abertas do seu roupão são insufladas pelo sopro noturno. Abre os braços. Os braços abertos do largo roupão pendente lhe conferem um ar etéreo, fantasmagórico. Abelha desliza na noite chapada, leque numa das mãos. Parece imantada de mistério. Que a extravasa. Não é apenas a Rainha. É muitas mais, tal como agora se manifesta. Encontrou aquela fantasia que sonha ser e se cobre com fantasias que a projetam como realidade para fora de si. Delírio talvez, por padê em excesso. Ou talvez a febre noturna que a acomete a cada noite. Enquanto se move pela mansão, a imantada imanta tudo ao redor, *sim, essa sou eu,* contorna o corredor até o solário e deslizando como uma gueixa enluarada atinge o pátio central, olha para o alto e contempla finalmente *alguma beleza no céu deserto de sentido* falando para algum deus extraviado, diz e repete para si mesma *ah, a lua de prata finalmente* e fala para o mundo vazio ao seu redor *sim, sou divina, a sobrevivente quase morta, quem sabe aquela Divina do divino Genet.* Paredes, quadros, tapetes, móveis, até mesmo as buganvílias em florada contemplam a passagem daquele ser translúcido. E estremecem de assombro ante a invasão. Tudo ali se manifesta como o insondável, em resposta ao mistério que Abelha esparge com gestos descoordenados, mais vaporosa do que poderia sonhar *talvez um mix de tantas divas que me encantaram eu, sim, essa eu sou* e finalmente encarna *Joan Crawford mulher homem que amo* murmurando quase em prece *eu luto como a bela Vienna sua pistola na cintura enquanto espera Emma a líder malvada do bando adversário* e o espelho d'água reflete seu rosto branco em contraponto ao brilho da lua *ah, mas vocês não vão me vencer, sou dona de mim isso é tudo o que tenho.* Balbucia sem nexo ou quem sabe com seu próprio nexo *sim, Vienna, nunca me esqueci da primeira vez, como chorei enquanto tocava piano, da primeira vez que vi e foi paixão à primeira vista, Vienna, mulher inesquecível* caminha a esmo, longe da lua para adentrar outra vez a escuridão do solar onde bibelôs a espiam tocados pelo mistério, os vasos estranhos e os objetos exóticos que de tão longe a contemplam, *Vienna de sobrancelhas carregadas como uma siciliana, olhos fulminando o mundo inóspito, o violão encantado, a paixão suspeita por Johnny Guitar*, Vienna segue de braços abertos, a seda desdobrando-se como os braços de um fantasma, balbucia e evoca do fundo de suas lembranças mais queridas as palavras de Joan Crawford na pele de Vienna, imperiosa diante de seus inimigos *eu, sentada aqui em minha casa, dirigindo meu próprio negócio, tocando o piano que é meu*, caminha dramaticamente murmurando para si e para o mundo o monólogo do seu sonho *não, não vejo crime algum nisso, você está satisfeita? não, não estou* e vira-se paranoica para um público inexistente *te dei minha resposta... duas vezes* e segue a alma penada deslizando. Abelha depara-se com a sala de jantar *ah, seremos vida e morte neste lugar Divina Vienna*. Caminha em passos que deslizam e examina a grande mesa de tampo de mármore para o caixão. Calculando e prevendo a marcação, *aqui será encenado o grande momento*, ensaio tantas vezes repetido como sonhos do seu funeral. E gesticula para si mesma. Aqui os castiçais, as flores. Aqui a escadinha para o caixão. Ali os convivas entram para a celebração. Gesticula com precisão e sem lógica, balbucios inaudíveis cujo significado só ela conhece, a magnífica Joan Crawford, Vienna e Divina, vida e morte.

O relógio dispara seu carrilhão na sala de estar e emite três badaladas.

Abelha sente um frêmito de susto.

No chão de ladrilhos da suíte principal, os dois homens nus estremecem ao ouvir o relógio carrilhão marcando três da manhã. Não se sabe por quanto tempo estiveram ali. Ainda engalfinhados, Leonilson e Otávio dão um último gemido de dor, que poderia soar como um gozo em dueto. Leonilson ostenta um ar de fim de batalha, no rosto avermelhado pelos golpes que recebeu. Otávio tenta limpar o nariz, de onde ainda escorre um fio de sangue. Na boca melada, um corte. Ambos arfam e babam. Seria talvez o descanso dos guerreiros. Mas não.

Separam-se ao mesmo tempo. Coreograficamente, mecanicamente, envergonhados. Joga-se cada qual para um lado. Otávio encosta-se na banheira. Leonilson vê-se diante do vaso da privada. Num repente, abraça-se ao vaso. Explode numa crise de choro. A custo, consegue se controlar. E se levanta. Limpa-se com uma toalha. Sai do banheiro, trôpego. Otávio continua imóvel no chão.

Sequencial 24

A manhã banha o mundo num esplendor quase irreal. Na mata ao redor da mansão, passarinhos cantam desvairados pelo afã de saudar o novo dia. A cacofonia exacerbada denuncia uma natureza sem equilíbrio nem medida. De tanta algazarra, acaba encontrando um claro fio de consonância musical. É a música da vida, inaugurando aquele Sábado de Aleluia.

Na quietude da suíte de Abelha, ouvem-se os pássaros ao longe. Sobre a mesa, a tela aberta do notebook brilha. Página do blog. Em texto recentemente postado, lê-se:

> Adoramos a normalidade. Neste país, a luz ardida do trópico é diretamente proporcional à nossa capacidade de esconder debaixo dos panos, de modo compulsivo, tudo o que é incômodo constatar. A ordem é manter a aparência de grande Ordem. O Progresso venceu as forças do mal. O povo feliz quer consumir mais para ser mais feliz, os banqueiros sorriem com seus cofres abarrotados, os políticos desfilam sua vaidade caudalosa e julgam ter colocado o país nos trilhos da História. Os intelectuais, ah, esses profetas de cérebros emasculados engrossaram o coro dos contentes. Até nossos protestos por autonomia e liberdade estão previstos nos manuais. Vigora aqui o império de uma normalidade perversa. Delegamos aos governantes e às instituições a correção das injustiças e a conquista da nossa felicidade. Adoramos aplaudir. Preferimos continuar a dormir no berço esplêndido do qual nunca levantamos, ainda que vivamos convictos de que o Gigante decolou. Como está tudo perfeitamente normal, deixamos de fazer perguntas. Abandonamos o hábito de pensar. Continuamos sem saber nem sequer

quem somos. Neste Brasil feliz, fomos tornados fantasmas à procura de nós mesmos. Mas eu, Carlota II, a Sábia, proclamo: precisamos de uma guinada. Definitivamente, uma Re-Constituição.

Gloriosa de Orléans já tomou seu banho. Toalha enrolada nos cabelos ruivos, veste-se apenas com blusa e calcinha. Debruça-se sobre o rosto de José Carlos. Termina de lhe refazer o curativo. O jornalista reclama da dor. Mas não deixa de lhe apalpar a bunda.

— Com uma enfermeira gostosa assim até a dor compensa...

Gloriosa lhe dá um tapa na mão atrevida.

— Está muito mal-acostumado, Zé. Daqui por diante, acabou a mamata. Você paga pedágio, tá? Na minha profissão, cobrar é a regra. E não tem conversa.

Dalila Darling escolhe um vestido no armário da madame que usava a suíte. São muitos. Alguns mais bonitos. Outros nem tanto. Experimenta. Não gosta. Troca. No chão do quarto, vários vestidos amontoados.

Matias já acordou faz tempo. Tenta puxar conversa, enquanto calça os sapatos.

— Hoje é o dia D, né?

Dalila, concentrada na roupa:

— Dia do quê?

— Dia do acerto de contas. Quer dizer, espero que seja hoje. Senão é capaz de dar merda... Amanhã já é domingo de Páscoa.

Na suíte de Maria Grinalda, o pastor Clorisvaldo está acabando de se vestir, depois de tomar banho. Nada diz. Quieto, pensativo, talvez deprimido. Já tomou um comprimido para a dor de cabeça que o assola. Dr. Hermes, sedado, ainda dorme e ronca. Grinalda termina de colocar um vestido que achou no armário. Olha-se ao espelho. Gosta do que vê. Todo vermelho, com estampa floral rosa. Daqui a pouco levará o pastor para resolver negócios com Abelha.

Trata-se do último elo no acerto financeiro com a trupe das Afrodites. Para isso Grinalda apanha seu celular. Não pode esquecer as fotos, fundamentais no plano de persuasão.

Ao lado do banheiro, Abelha nota um vulto branco, parado, quase ilógico. Nele se destaca o rosto de Menininha. Olhos marejados, lágrimas a escorrer pelo rosto. Mal sente a mão que lhe faz carinho nos cabelos. A voz de Abelha sussurra, de dentro do escuro:

— Pelo amor de Deus, criança, não chore mais. Não sofra tanto. Entenda. Seu amor não foi à toa.

Abelha sente que são vãs suas palavras. Quer lhe dar razões para não ser triste. Mas sabe que não as encontra à altura do consolo possível. Compadecida, senta-se diante de Menininha. E lhe pede, maternal:

— Eu sei que dói. Mas não fique assim, meu bem. Não é motivo para tanto sofrimento. Você é tão novinha, ainda tem a vida inteira pela frente.

Faz uma pausa, tateando sentidos e argumentos.

— Olha, a gente vai logo pra casa. E você sabe que lá está te esperando aquela coisinha fofa, a Laika. Você queria um lulu-da--pomerânia... e fez questão que fosse *toy*. Lembra? Eu te comprei de presente de aniversário, pra ver você feliz.

Abelha cavouca ainda mais doçura. Busca o tom adequado ao seu consolo:

— Olha pra mim, olha. Lembra que foi você quem escolheu o nome dela? Laika. Você sempre gostou desse nome russo. A Laika está lá em casa te esperando. Ela te ama muito. De tanta felicidade, ela corre pra cima e pra baixo quando te vê. E dá aqueles latidinhos engraçados como só ela.

Percebe que seu consolo continua vão. Mas insiste:

— Não fique triste. Não vale a pena. Um amigo meu dizia uma coisa, e eu gosto de acreditar. A vida é como um tango. Uma hora te joga pra lá, outra pra cá. O importante é não errar a dança.

Menininha enxuga o rosto e sai para seus afazeres. Abelha suspira. Sabe que os passos de um tango são bem menos complexos do que a vida.

* * *

Lili já acordou e se aprontou. Acaba de lavar duas calcinhas. Estende-as no banheiro. Olha-se ao espelho e sorri, ao se lembrar do bafão de madrugada. Sente-se ao mesmo tempo orgulhosa do que se passou e ansiosa pelo que virá. Hoje é o dia definitivo. Para resolver as pendências de grana. E o prazo vai ficando mais apertado.

Na cama, Otávio dorme agitado. Ainda nu. O rosto mostra manchas roxas e a boca escancarada deixa ver o lábio superior inchado, no lugar do corte.

No sofá, Leonilson parece adormecido. As costas voltadas para a cama de Otávio. Veste apenas a cueca, rasgada de um lado. Com maior atenção, fica perceptível que seus olhos só estão pesados, mas não dormem. E se agitam. Passa a mão no rosto, apalpando uma das sobrancelhas doloridas. Hematoma roxo.

Na varanda, as bordas das redes de dormir dançam de leve. À frente, a água da piscina ondula em calafrios. As árvores de grandeza soberana provam-se vivas, tremulando à brisa matutina. Pelos lados da cozinha, Menininha acaba de deixar as rações no canil de Cosme e Damião. Seus olhos continuam mortalmente tristes, como se habitassem um inferno próprio, com suas próprias regras, avessas à vida que desperta por toda parte. Enquanto ela volta para preparar o café da manhã, ouvem-se fiapos de uma canção que a brisa traz do rádio na cozinha, *tudo em volta está deserto, tudo certo...* Menininha continua seu caminho, *falo, não calo... deixo sangrar...* Nem parece ouvir o sussurro do vento, *não me iludo, e contudo... meu amor...*

Abelha acordou muito cedo. Sabe que vai encarar um dia decisivo. Precisa dar um ultimato nos negócios. Dentro do prazo mais curto possível. Jogar duro.

Sentado diante dela, o pastor Clorisvaldo, de rosto ainda esfolado. Parece tenso e assustado. Grinalda acabou de lhe apresentar suas fotos no celular. Pelado em cima da mesa, com cara de alucinado. Bíblia nas mãos. Mais parece um interno de hospício do que um profeta do Senhor.

Agora Abelha lhe mostra as fotos no notebook. O pastor vira o rosto, enojado e aflito. Pura blasfêmia, conspurcação, infâmia. Dois homens nus, mas um talvez seja mulher, não, não é, tem pinto. Pinto preto, para ficar bem marcante. O que diriam dele, se os demais ministros vissem?

— E então, onde está o dinheiro da igreja, Clorisvalda? Ou fala, ou suas fotos vão para a internet. A Menininha já hackeou o site da tua Congregação. Nós estamos lá dentro agora. É só clicar e eu posto as fotos direto na página de abertura. A Menininha é ótima em informática...

Clorisvaldo suplica. Em pânico:

— Pelo amor de Deus, a Congregação, não. Deixe a igreja fora disso. Lá todo mundo me conhece.

— Então diga onde está o dinheiro, porra! Ou a gente vai buscar lá na igreja.

— Não, por favor, na igreja não.

— Diga onde, então.

— O dinheiro... está tudo no meu escritório.

— Num cofre?

— Não. Dentro de uma caixa. É fácil.

— Fácil? Como?

O pastor engasga:

— É... Está... no armário do escritório. Uma caixa...

— Que caixa?

— De exemplares da Bíblia. Quer dizer, tiramos os livros. O dinheiro fica lá. Bem condicionado. É porque... Assim ficava mais fácil de localizar.

— Quanto?

— Seiscentos mil. Em maços de cem reais.

— É pouco.

— Mais dinheiro só vem na próxima semana. Da coleta.

— Coleta de cem reais? Nossa, que fiéis generosos.

Clorisvaldo engole em seco. Abelha pega na veia:

— E a chave do armário? Onde?

— Está aqui. Junto com as outras.

Abelha estende a mão. O pastor entrega o chaveiro.

— Então, negócio fechado. Você me garante essa quantia? Ou quer ver suas fotos publicadas?...

Clorisvaldo titubeia. Faz sinal negativo com a cabeça. A contragosto, entrega-lhe uma chave prateada, fora do molho:

— Esta é a do armário. As outras são da entrada.

Sequencial 25

Escuridão na suíte de Abelha. A tela do notebook brilha, aberta na página do blog. Lê-se:

MODELO DE RE-CONSTITUIÇÃO RE-VOLUCIONÁRIA PARA UMA NOVA IDADE DE OURO DO BRASIL.

Logo abaixo:

Introdução:
    A sociedade deve voltar ao começo, quer dizer, será destruída para que reine o natural de cada indivíduo. Serei acusada de destruir? Pois eu digo: destruir é preciso. Sem destruição do antigo não advém o novo. É por isso que eu odeio a conciliação. Conciliação tem cheiro de mofo, não leva a lugar nenhum. Gera a mediocridade dourada, que resulta na mistificação, ou seja, aquele faz de conta que é a própria negação da história. Mistificar o real significa impor uma realidade de manuais, guiada por palavras de ordem. Ao contrário, eu, a Sábia Carlota II, quero ir fundo no amor à Liberdade. Se a vida for necessária, é preciso fazer valer sua vocação para o ardor. O Pau Brasil deve estar à altura do seu nome: País da Brasa. É isso o que almejo: Pau Brasil, um país onde tudo deve arder. Só assim haverá brilho, brilho mais do que mil estrelas, brilho para sempre. Brilho para todas.

Abelha termina de ler. O sorriso de satisfação quase não lhe cabe no rosto.

Políticos e travestis estão acabando de tomar o café da manhã na copa. O rádio transmite, ao fundo, um rock pesado. Uma guitarra estridente acompanha a letra cantada aos berros, *o Brasil vai ficar rico, vamos faturar um milhão, quando vendermos todas as almas dos nossos índios num leilão.*

Atrasado, o pastor acaba de se sentar. Faz sua oração. Ao lado, dr. Hermes beberica seu café lentamente, sem ânimo. José Carlos para de comer seu sanduíche de presunto. Intrigado:

— O que aconteceu com vocês, porra? A cara toda ferrada...

Olha para Otávio, depois para Leonilson. Que engole o café às pressas e responde, carrancudo:

— Um escorregão no banheiro. Só isso. — Ele encara José Carlos. — E a tua, toda inchada, não vê?

Silêncio súbito. E o rádio ao fundo, *na morte eu descanso, mas o sangue anda solto.* Otávio não responde. Mastiga com alguma dificuldade. Hematomas no rosto, lábio cortado e grosso de inchaço. Matias forja um olhar enigmático, de quem não diz mas supõe.

Que país é esse? Que país é esse? o rádio ainda toca. A guitarra frenética da Legião Urbana pontua *que país é esse?* Grinalda e Dalila começam a recolher os pratos usados. Voltam um olhar cirúrgico para Lili, guardiã dos dois bofes. Nada dizem, nem é preciso. Lili faz ares de inocência. Leva o sanduíche à boca e morde. Numa neutralidade afetada, falsa madame. Com o guardanapo na outra mão, limpa os lábios em câmera lenta. E rola a munheca para trás, na mais pura fechação, como quem diz *não tenho nada com isso.* A mecha vermelha do seu cabelo vibra na luz da manhã.

As monas carregam para a cozinha toda a louça suja, que Menininha vai arrumando na máquina de lavar. Abelha entra, majestosa. Num vestido vermelho-vivo, parece confortável e fresca. Traz no rosto um sorriso pleno de confiança.

— Vocês duas. Vamos lá para a sala. De jantar.

Grinalda e Dalila se entreolham.

— É com vocês mesmo. Lá para a sala.

— E vocês aí na copa. Todo mundo para a sala de jantar.

Ao fundo, o rock frenético insiste... *que país é esse? Que país é esse?*

* * *

Abelha está no comando, agitada. Percorre de um lado a outro o salão de jantar, onde já se encontram as Afrodites e os políticos.

— Ah, quero flores, não se esqueçam. Dalila, vai lá e pega tudo o que encontrar no jardim. Não esquece de levar a tesoura, bicha, pra não estragar as plantas.

Gloriosa de Orléans entra carregando uma toalha de mesa. Linho vermelho.

— Ótimo, é essa mesmo.

Matias e Grinalda entram com um belo tapete afegão em variados tons de vermelho. Baixaram de uma parede. Todo mundo atarefado a armar um estranho monumento no meio da sala. Abelha ajuda a estender a toalha de linho. Matias e José Carlos colocam uma mesa menor sobre a mesa de jantar.

Matias sobe por uma escadinha. Estende lá em cima o tapete afegão, que resplandece com solenidade. Leonilson e Otávio, muito a contragosto, ajudam a arrumar o tapete. Evitam se olhar.

Abelha se afasta e examina.

— Está ficando ótimo. Matias, só precisa de umas almofadas aí no alto da mesa. Arranjou as velas, Otávio?

— Já sim. Eu e Dalila trouxemos todas da dispensa.

Maria Grinalda vem chegando.

— Achou os balões, Grinalda?

— Um pouco só.

Dalila entra com uma braçada de flores de variados tipos e cores.

Abelha separa CDs, ao lado de Gloriosa. Matias se aproxima com um livro aberto:

— Não consigo encontrar o poema.

Abelha apanha o livro, folheia. Aponta, com gesto assertivo:

— Este aqui. Cesar Vallejo.

O salão de jantar em movimentação crescente. Grinalda enche os balões. Leonilson os dependura nos lustres. Dr. Hermes e Clorisvaldo vêm entrando, trôpego um, apatetado o outro. Os braços cheios de almofadas que apanharam na sala ao lado. Depositam aos pés da pira vermelha, ou talvez altar. Em todo o contorno da mesa de jantar, flores às pencas, colocadas a esmo. Há também flores presas ao cortinado das janelas.

Menininha, rosto tristíssimo e olhos de brilho incomum, chega devagar. Espia o alvoroço na sala. Ao fundo, ouvem-se trechos de vários CDs sendo testados no aparelho. Parece ensaio de orquestra.

Impõe-se a voz de Abelha. Professoral, desvairada:

— Nada de morbidez, gente. Ninguém fica pra semente. Aqui, todo mundo vai morrer, um dia. Mais cedo ou mais tarde. Eu e vocês. Quero ensaiar o meu funeral como uma cerimônia pomposa e ao mesmo tempo sensual. Tem sensualidade na morte. Na Inquisição, os condenados gozavam no momento do enforcamento, sabiam? E, nos períodos de peste da Idade Média, as pessoas se juntavam para orgias. Morria-se gritando "Viva a morte". Não há melhor projeto em vida do que buscar uma morte feliz. Então vamos celebrar a morte coletivamente.

Do lado de fora da casa, algo inesperado acontece, sem que ninguém note. Um homem está tranquilizando os dois cães. Que não latem.

O homem caminha agora pelo gramado. Arrodeia a mansão com cautela, sondando. Intrigado, chega até a janela da sala de visitas. Espia. Procura entrever algo. Cortinas fechadas. Ouve ruídos estranhos lá dentro.

Abelha percorre entusiasmada a sala de estar. Encena um discurso frenético para o público que se acomodou como possível:

— Não vai ter mais moral, porque a moral faliu faz tempo. Economia? Vamos enforcar todos os economistas. O negócio é fabricar dinheiro em casa. Você fabrica o seu, eu fabrico o meu. Fazemos um troca-troca, como antigamente. Dinheiro vai ser pura farra do povo, fruto da imaginação criadora. O próprio governo vai imprimir notas falsas. Já tenho até um artista, o Paulo Sayeg, que está desenhando as notas... Sem licitação, é claro, artista não precisa disso. Todo mundo vai ser pago com dinheiro falso de todo mundo.

Subitamente, a campainha toca. Silêncio imediato. Insiste. Todos param, estupefatos. Sim, a campainha está tocando.

Na entrada da mansão, um homem aperta a campainha de novo. E de novo. A porta se abre. Dr. Otávio, de óculos escuros, depara-se com um dos seus seguranças. Pego de surpresa, tenta ser natural:

— Ah... bom dia, Agenor.

— Bom dia, doutor. Eu... resolvi voltar antes. Tá tudo bem?

Do lado de dentro, Abelha aperta a pistola nas costas de Otávio. Que sorri com esforço, contendo-se:

— Tá... tá tudo bem, Agenor. Não se preocupe não. É que...

— Aconteceu alguma coisa? — Agenor aponta para o rosto de Otávio.

— Ah, não foi nada. Escorreguei na hora do banho. Caí...

Pequeno silêncio. Carregado de preságios. Agenor insiste:

— Ouvi uma zoeira. É que... a essa hora... achei que tinha uma reunião... O senhor esqueceu de ligar o alarme noturno esse tempo todo?

— É, é verdade. É que eu...

Agenor olha desconfiado. Tenta descobrir alguma anormalidade. Fareja no ar. Subitamente, ecoa um berro dentro da mansão:

— Me tirem daqui, pelo amor de Deus.

No salão, dr. Hermes berra e chora. Histericamente:

— Me tirem daqui... Me tirem daqui. Quero ir embora.

Alarmado, o segurança empunha o revólver.

— O que é que houve, doutor?

Otávio tem um impulso em direção a Agenor, como se buscasse proteção. Ao mesmo tempo, Grinalda e Lili surgem detrás da porta e se atiram sobre o segurança. Abelha agarra Otávio, que grita como um louco.

— Porra, Agenor, chama a polícia. Chama a polícia, pelo amor de Deus.

Em pânico, Clorisvaldo corre pelo salão. Grita desorientado. Dr. Hermes parece ter desmaiado sobre o sofá. José Carlos e Leonilson fogem em direção à porta. São interceptados por Dalila Darling e Gloriosa de Orléans, estiletes em punho. Matias não se move. Arruma as flores no salão.

Do lado de fora da casa, há uma luta incerta. Lili agarra o segurança pela cintura. Grinalda procura desarmá-lo. Rolam pelos três degraus da entrada.

Abelha se assusta. Otávio se aproveita e lhe dá uma cotovelada. A Beretta cai de sua mão, bate na pedra da escada e resvala para o gramado. Abelha puxa Otávio, que tenta correr até o estacionamento.

Menininha surge do lado de fora da mansão. Corre em direção a Abelha.

Grinalda e Lili ainda lutam com o segurança, como feras acuadas. Ouve-se um tiro, que reboa agourento. Grinalda oscila, no impacto.

Os cães ladram ferozmente.

Há um outro estampido. E mais outro, seguido de estilhaços de vidro. O segurança tomba. A cabeça sangrando. Arfante mas firme, Menininha segura a pistola, que acabou de disparar, e a mantém apontada em direção a Otávio. Lili Manjuba se desvencilha. Ajuda Maria Grinalda a se levantar. Otávio estaca, assustado. O segundo tiro da Beretta .32 quase o atingiu.

Abelha Rainha se aproxima, trôpega. Abaixa-se e retira o calibre .38 das mãos do segurança.

Sequencial 26

Num sofá da sala de estar, Grinalda geme enquanto Lili lhe faz um curativo na coxa, onde apresenta um leve ferimento.
— Santo forte o teu, né, Maria Grinalda? Passou raspando, nega.
E Grinalda, evocando, fervorosa:
— Eparrei Oiá, minha mãe!
Sentados pelo chão, os seis homens estão de novo amarrados. E, por precaução, amordaçados. Uns com pano, outros com esparadrapo. O pastor tem a boca tapada com uma calcinha de Grinalda, que estava em seu bolso.

Abelha vai até o gavetão, em sua suíte. Guarda o revólver do segurança junto aos celulares e outros confiscos. Tranca e esconde a chave dentro de um bibelô. Hesita, retira do bibelô. Abre o zíper de uma pequena almofada e ali coloca a chave. Sabe como aquela arma pode ser cobiçada tanto pelos políticos quanto pelas meninas do grupo. Especialmente Lili Manjuba. Acende a luz do quarto, para se arrumar. Através do espelho, contempla ao fundo o rosto desconsolado de Menininha. Retoca a maquilagem. Dá um suspiro de tristeza, vendo a dor da garota. Sente-se impaciente. Mesmo sem saber mais o que dizer, não se contém. Fala persuasiva, com dureza:
— Está na hora de parar com isso, Menininha. Quanto antes, melhor. Você é forte. Usou a pistola sem medo e nos salvou. Você tem força para vencer essa bobagem de ficar apaixonada. Chega. Logo, logo, vai descobrir que amor é pura fantasia. Que nem o Carnaval. Acontece num período curto, enquanto dura a paixão. Depois, o príncipe vira sapo. — Ela respira fundo, antes de advertir: — Você precisa aprender e enfrentar a realidade. Depois desses tiros, você está

madura. Melhor esquecer essa coisa de amor e viver a sua vida. Do jeito que ela é.

Abelha interrompe a maquilagem. Assusta-se com o que disse. Constrangida, tenta consertar com voz mais macia:

— Esta encrenca vai acabar logo, meu bem. A Laika te espera lá em São Paulo, você sabe.

Tarde demais. Após os eventos traumáticos, a exaustão de Abelha perante a vida empurra-a até o cerne da questão que a desnorteia: para que amar tanto, tanto desperdício?

Menininha ouviu a diatribe da madrinha. Contrapõe-se calada para resguardar a integridade da sua natureza, sem nenhum esforço. Conhece aquilo que é verdade dentro de si, porque enraizada em sua mais profunda dor. Ainda que legítima, a fúria de Abelha contra o amor se circunscreve apenas ao seu desencanto pessoal. Abelha se revolta porque o amor é como a vida: demasia, exacerbação. Sim, o amor ferve dentro dos corações sem nunca atingir um ápice de completude. Menininha intui que, sim, o amor é puro fervo em si mesmo. É paixão de permanência, foco de resistência. Sua ebulição interior não precisa verter-se como lava. Pelo simples fato de que efervescer é seu estado legítimo e suficiente. Assim a vida. Viver tanto em tão curto tempo não indica desperdício. Condensada, a vida é ainda mais explosiva. Bomba de efeito retardado. Ama-se mais na efêmera juventude. Sim, Abelha esqueceu que amores são para quem sabe amar. E também para quem precisa. Sim, certos seres respiram amor tanto quanto oxigênio para a alma. Sim, Menininha sabe. Não se trata de escolha. Ninguém ama por decisão racional. O amor é uma ocorrência da fatalidade interior, tanto quanto os lírios do campo são desvario da vida. Menininha desconhece que aconteceu assim desde os tempos míticos, com Eros e Psiqué, pedra angular dos amores sem esperança, tanto mais intensos quanto mais desencontrados. Psiqué é o grande amor que resiste, assim como resiste Menininha. A fúria de Afrodite contra a paixão de Eros e Psiqué até faria sentido no caso de Abelha, que conhece o mito como a palma da mão. Mas Abelha não é Afrodite nenhuma, nem sequer faz parte da trupe da Pauliceia. Mesmo porque a violência dos tempos desvirtuou o mito. Nem Abelha nem Afrodite têm culpa. Sim, Menininha encarna uma nova Psiqué, agora traída por Eros — e assim reinventa a lenda, num modo moderno. Sem conhecer o mito, Menininha o reinterpreta com legitimidade. Sim, Abelha sabe. É preciso um único espermatozoide para engendrar a vida. Mas milhares são fabricados e descartados. Assim como a vida, é próprio do amor extrapolar. Menininha sabe, sim.

Abelha começa a tossir. Arrasta-se até o banheiro. Alcança o vaso sanitário. Dobra as pernas trôpegas e vomita copiosamente. Uma fresta de luz ilumina respingos de sangue pelo chão.

Gloriosa de Orléans e Dalila Darling arrumam a sala de estar, como podem. Colocam cadeiras no lugar. Juntam cacos de louça. Limpam rastros de sangue. No chão, junto a um sofá, o corpo do segurança jaz estendido em cima de um plástico, a cabeça ensanguentada. Ao fundo, restos de vela queimando, no salão de jantar quase às escuras. Onde pouco antes se ensaiava a cerimônia da morte.

Otávio entra às pressas na suíte de Abelha. Escoltado por Lili. Menininha, que foi chamá-lo, vem logo atrás. Abelha entrega a ele o celular que vibra e toca insistentemente.

— Atenda, Tavinho.

É o doleiro, finalmente. A Beretta apontada para sua têmpora, Otávio atende. Dá as coordenadas:

— É urgente, Lopes… É, é uma emergência… (Ouve.) Não. Faça do jeito de sempre. (Ouve.)… Quantos quibes você pode liberar? Mas olha, estou falando de quibe comum, não é o especial, tá? (Ouve.)… O.k., então libera tudo… Sim, claro. O Osvaldo te encontra naquele estacionamento que vocês já conhecem. Ele apanha a encomenda e assina na planilha mesmo… (Ouve.) Sim, sim, naquelas bolsas. Como sempre. Eu assino depois. Não tem nenhuma novidade, é igual às outras remessas de quibe… (Ouve.) Isso, perfeito. Em uma hora no máximo ele te encontra lá. Não vai me dar furo, pelo amor de Deus. Qualquer dificuldade, me liga, tá?… (Ouve.) É isso aí. Tchau.

Agora Otávio telefona para seu funcionário, *sim, Osvaldo, pega a remessa de quibes com o Lopes, naquele mesmo estacionamento, leva umas sacolas e põe dentro, depois deixa tudo na sede do partido, sim, sim, isso é muito importante, acomoda no lugar de sempre, você sabe onde, né, Osvaldo?*

Desliga. Abelha desvia a pistola da cabeça de Otávio.

Sequencial 27

As travestis se reúnem em torno de Abelha. Atentas à presteza da sua lógica, rostos cheios de inquietação.

— Então você fica, Lili. É melhor mesmo. Esse seu jeito de Pomba Gira em estado de graça pode dar a maior bandeira.

Lili faz cara de quem não viu a graça. Prefere mesmo não ir. Apesar de esquálida como nunca, Abelha dá ordens com uma energia que parece enraizada em seus ossos:

— O.k., o plano é este. Eu levo a Menininha e o Otávio. Vamos até a sede do partido. Faço a limpa no dinheiro de lá e depois seguimos para buscar o restante no escritório do pastor. A Clorisvalda não precisa ir, nem pensar. Já descobri onde ela esconde a grana. A casa é um pouco fora de mão, mas não tem o que um bom GPS não resolva. Certo?

— E nós ficamos aqui fazendo o quê?

A questão de Lili não esconde certo tom capcioso. Abelha não demonstra surpresa. Antes, sustenta com tenacidade:

— Vocês esperam a gente voltar. Daqui pra São Paulo não dá mais que duas horas pra ir e voltar. Logo que estiver tudo limpo, eu telefono pra vocês. Agora é meio-dia. Se eu não telefonar dentro de umas três horas, deem um desconto. Se eu não der notícia em quatro horas, é que o tempo fechou. Então vocês cortem o pescoço desses políticos filhos da puta, que é o que esse bando de sanguessuga merece. E se mandem. Tomem cuidado, pra gente não se encontrar na cadeia. Ou no inferno.

Os semblantes se retraem. Manifestam apreensão ante a gravidade do drama em curso. E a incerteza do seu desenlace.

Ao fundo da sala, os políticos continuam amarrados. Ouvem apenas restos da conversa. Lívidos e ansiosos. O clima de conflagração é mais do que suficiente para deixá-los em estado de alerta. A exceção é Otávio, que já se banhou e veste um blazer clássico de linho marrom. Está acabando de dar o nó na gravata, num espelho ao lado, onde se reflete seu rosto cansado e derrotado, em meio aos hematomas. Coloca os óculos escuros.

Lili, cautelosa, insiste diante de Abelha. Receia um golpe:
— E quem garante que vocês duas voltam com o dinheiro?
Abelha não se deixa intimidar. Contava com essa dúvida:
— Olha, viado, você não tem nada a fazer senão confiar. Se a gente fugir com o dinheiro, azar seu.
Lili não recua. Ao contrário, alça a voz. Autoritária:
— Pois a Gloriosa vai no lugar da Menininha!
Encara Abelha, frente a frente. Em solidariedade, Gloriosa, Grinalda e Dalila manifestam o mesmo tom de desafio no olhar. Sabem da possibilidade de uma armadilha. Abelha se retesa, como se a golpeassem. Mas volta rápido ao controle. Apenas suspira. Um passo atrás, para manter a dianteira:
— Tá bom. Se as Afrodites se sentem melhor assim, quer dizer, se não confiam na sua líder Abelha, então eu levo a Dalila. Levaria a Grinalda, se não estivesse machucada. Mas a Gloriosa, não. Vai que a bicha tem um desses chiliques de Orléans... Além do mais, a Dalila é ótima motorista. Menininha fica.

Antes de sair, Abelha pega Menininha pela mão e a conduz até o hall. Em privado. Olha-a seriamente:
— Lembra daquele envelope vermelho que te deixei? Pois leia com atenção, agora. E queime em seguida. Outra coisa: se precisar, lembre que o .38 do segurança está no gavetão. A chave você já sabe onde encontra.
Quando percebe que Otávio e Dalila se aproximam, alça a voz, com naturalidade estudada:
— Ah, e não esqueça de preparar o pernil de carneiro para o jantar.
Beija Menininha na face.
— Deus te abençoe, meu bem. — E complementa junto ao seu ouvido: — Não esqueça do envelope. Leia e queime!

* * *

Pela janela da sala de visitas, as Afrodites remanescentes acompanham o pequeno cortejo que se dirige ao estacionamento. Rostos ansiosos tentam vislumbrar cada movimento.

Abelha caminha junto a Otávio. Dalila vem atrás com duas maletas. Os cães latem, nos fundos do terreno.

Abelha aciona o controle do seu carro. Apito da porta destravando. Dalila coloca as maletas no bagageiro.

As remanescentes na janela da mansão, olhando.

Abelha empurra Otávio para o banco de trás e entra ao lado dele.

Dalila recebe as chaves de Abelha. Senta-se no banco da direção. Liga o carro e se persigna.

Na janela da mansão, as travestis se persignam em resposta.

Abelha retira da bolsa sua Beretta prateada e a aponta para Otávio.

— Nem pense em trapacear, dr. Tavinho. Vou ficar na sua marcação o tempo todo. Armada e esperta. Sua vida depende do seu bom comportamento. Se tentar algum truque, eu te sapeco o rabo e te mando direto pro inferno. E mais: suas fotos com Lili vão rodar a internet inteira. Sua família vai adorar o sucesso póstumo do dr. Otávio Mansur Bulhões.

Volta-se para Dalila:

— Não esqueça, bicha: calma, tranquilidade e muito sorriso. — Abelha sacode a cabeça, como se espantasse maus presságios. — Vamos embora. E seja o que Deus quiser.

— Que Deus nos proteja — sussurra Dalila, quando dá a partida.

Ao ver o carro atravessar o portão e sumir pela estrada, na janela da mansão as Afrodites se despedem quase em coro:

— Vão com Deus.

Lili fecha os olhos e invoca, com sua melhor fé na ponta da língua:

— Laroiê, Exu! Ogunhê, meu pai, patakori!

Grinalda emenda:

— Laroiê, Exu! Eparrei, Oiá! Patakori!

Cosme e Damião continuam a latir desvairados.

Sequencial 28

Na suíte de Abelha, Menininha lê o conteúdo do envelope vermelho. Para. Olha para o infinito. Continua lendo. Atentamente. Relê, mexendo os lábios para enfatizar as palavras, como se as decorasse. Em silêncio, pica os papéis.

O relógio de parede dispara o carrilhão Westminster e marca a tarde com três longas badaladas.
    Maria Grinalda estremece. Caminha mancando pela sala de estar. Pelo espelho do lavabo, Lili acompanha seus movimentos nervosos.
    Agora sentada na sala, Gloriosa rói as unhas. Já se passaram três horas da partida de Abelha. Clima pesado de espera.
    Lili tenta descarregar a tensão que enrijece seu semblante. Com a navalha, raspa os pelos crescidos no rosto e no pescoço. Gestos bruscos. Usa espuma do sabonete, ali à mão. Sem tempo para ir à suíte apanhar creme.
    Grinalda olha a cena. Implicante:
    — Aí, viado, já era hora de fazer esse xuxu, que a barba estava até azul. Coisa feia!
    Lili não responde. Grinalda insiste:
    — Mas, pelo amor de Deus, com navalha? Parece bicho...
    Lili, sem disfarçar a dor:
    — Ué, a senhora ia querer que eu puxasse na pinça, pra ficar três dias de cara inchada?
    Grinalda vai até a janela da sala de visitas, para observar o estacionamento. Nenhum sinal. Olhar sombrio. Volta para a sala, manquitolando apressada. Tropeça numa mesinha. Geme alto.

Lili sai do lavabo, enxugando o rosto com uma toalha. Não se contém:

— Calma, bicha. Senão a senhora vai cair morta antes da hora.

Maria Grinalda reage, ainda mais irritada:

— Eu? Morta? O que você tá querendo dizer?

— Morta, ué. Do coração. De tanto tomar bala e cheirar pó, pufff! Bicha fina, dessas europeias que nem você, morre assim... De chilique...

— Ai, bicha raivosa, para de voduzar pra cima de mim, vai.

Grinalda senta. Nem assim consegue disfarçar seu crescente nervosismo. Apanha de novo o celular e chama. Espera. Sem resposta. Não se contém:

— Porra, por que essa jaburu da Abelha não responde? Daqui a pouco meu silicone sobe pra cabeça.

O rosto de Lili sangra ligeiramente, próximo ao queixo. Grinalda observa, sarcástica:

— Não se enxerga, viado? Olhaí você tentando se matar, e vem encher o meu saco! Mais um pouco e cortava esse pescoço fora.

Espalhados pelos cantos da sala de estar, os homens continuam amarrados e amordaçados. Ambiente lúgubre. Leonilson, num canto, parece um condenado. No outro lado, dr. Hermes tem os olhos avermelhados, tentando em vão tossir com a mordaça apertada. O que lhe acelera o pânico. Apesar das mãos amarradas, José Carlos dormita numa cadeira, mas não parece descansar. Geme baixinho, o rosto inchado, respiração entrecortada. Clorisvaldo está no chão, com as mãos atadas atrás, o que lhe dificulta até mesmo a respiração. Todos têm a barba por fazer e as roupas em desalinho.

Matias, ao contrário, está sentado próximo do átrio. Lê calmamente um livro. Ao seu lado jaz o corpo do segurança, encoberto. Matias sorri com satisfação e algum cinismo. De repente, passa a ler em voz alta:

— O patriotismo foi usado para arrancar propinas dos vivos e dos mortos. Quem não aceitava propina era acusado de perturbar a ordem. As florestas foram cortadas para melhorar a economia do país. A Europa se agitava... Mas a Rússia, em seu longo e estúpido período de existência, nunca atingira tamanho estado de vergonha.

Ali do lado, Gloriosa de Orléans se levanta, impaciente. Esforça-se para vencer o nervosismo. Sai da sala. Caminha a esmo.

Menininha dá ração para Cosme e Damião, no canil. Abaixa-se, dissimuladamente. Acende um fósforo. Queima os pedaços rasgados da carta e do envelope vermelho.

Olha em direção ao estacionamento. Só se ouve o som da brisa que sacode as folhas das árvores.

Voltando à cozinha, topa com Gloriosa, que surripia uns biscoitos de uma lata. Um tanto constrangida, a aristocrata de subúrbio tenta parecer útil:

— Se quiser, eu trago uns temperos da horta.

Menininha assente com a cabeça.

Os canteiros da horta estão meio ressequidos. Gloriosa de Orléans colhe uns poucos ramos de hortelã e alecrim ainda frescos. Tenta se acalmar. Atravessa o gramado, passa ao lado da quadra de tênis e da piscina, até o pomar. As goiabeiras estão carregadas. Muitas frutas bicadas pelos pássaros. Outras apodrecidas pelo chão. Gloriosa colhe as melhores. No pé de tangerina, vê algumas maduras. Apanha. Vai depositando num cesto. Tenta apanhar caquis maduros na árvore ao lado. Um pássaro levanta voo, barulhento. Ela se assusta. Desiste de continuar.

De volta à cozinha, para e fica de olho no estacionamento. Semblante carregado de ansiedade. Nenhum movimento. Nem sinal de Abelha.

Lili está meio escondida na sala de visitas, sem conseguir dissimular a tensão. Segura a navalha. Na outra mão, mantém o celular junto ao ouvido. Murmura quase para si mesma:

— Vai, viado, dá notícia. Atende esse celular, caralha!

Grinalda espia pela janela. De novo:

— Porra, será que deu zebra?

O relógio dá curtas badaladas marcando três e meia da tarde do Sábado de Aleluia.

— Falta só meia hora, porra.

Lili roda ali por perto.

— Ai, caceta! O que será que aconteceu? Laroiê, Exu! Mojubá, meu pai!

Grinalda apanha seu celular. Tenta mais uma vez. Auge da aflição.

— Vai, responde, filha da puta!

Nada, nem caixa postal.

Lá fora, o portão ainda deserto.

Matias se comporta com o descompromisso de um adolescente em férias. Continua sua leitura em voz ainda mais alta, proporcional ao aumento do cinismo em seus olhos:

— Desde então, vinte anos se passaram. Agora, as cidades sofrem incêndios provocados, seguindo uma ordem estabelecida. Os tribunais julgam com solenidade e os jurados recebem propinas para não morrer de fome. Os servos estão livres e se chicoteiam mutuamente, em vez dos antigos senhores. Mares e mais mares de vodca são bebidos para aumentar o orçamento do Estado e ajudar a economia...

Grinalda se enfeza. Grita para Matias:

— Chega dessa porra, ô escritorzinho de merda. Quem tirou o esparadrapo da boca desse filho da puta?

— Pô, cara, estou lendo pra vocês o Dostoiévski. Grande escritor, grande profeta!

— E eu tô me lixando, porra. Nem que fosse o Paulo Coelho.

Na cozinha, Menininha tempera o pernil de carneiro. Pelo rádio ouve-se uma voz feminina cantando, *ain't got no money, ain't got no class, ain't got no skirts...* Esfrega sal e pimenta na peça de carne. Gloriosa chega. Entrega as ervas que colheu. E a canção *ain't got no water, ain't got no love, ain't got no air...* Calada, apreensiva, Gloriosa deixa o cesto de frutas sobre a mesa. Sai para a sala. A voz rascante de

Nina Simone insiste *ain't got no money, ain't got no faith, ain't got no God*. Menininha fura metodicamente a carne e insere pedaços de alho. No rádio, a canção parece martelar ao som do piano, *I got my arms, got my hands, got my fingers, got my legs*. Menininha trabalha séria, concentrada, sem reação, *got my feet, got my blood*. Nem sequer chora.

O relógio de parede dá as badaladas curtas. Marca três e quarenta e cinco. Os homens agitam-se crescentemente. José Carlos tenta se levantar da cadeira. Gemendo. O pastor rola pelo chão, sem rumo.
Mais próximo da sala de visitas, Leonilson tenta sondar por uma nesga da janela. Olhos esbugalhados de ansiedade.
Lili os mantém sob vigilância:
— Vocês aí, quietinhos no lugar, porra. Não quero ninguém fazendo zoeira.
Dr. Hermes se debate e choraminga. Grinalda lembra:
— Acho que já passou da hora do remédio do velho. Que merda...

O relógio dispara o carrilhão. Um frêmito percorre a sala inteira. Os rostos recebem uma carga extra de medo. Em seguida, quatro badaladas, que soam como lâminas na carne.
Pela janela, vê-se o portão da mansão ainda fechado. Nenhum sinal.

Na sala de jantar, Gloriosa de Orléans caminha errática em torno da grande mesa de mármore. Rói as unhas. Ajeita as flores de modo maquinal. Balbucia coisas. Rói ainda mais. Não domina sua agitação. A pira avermelhada contempla-a, do alto.

Detrás da janela, Maria Grinalda espia para fora, agitada. Rosto rubro de aflição.
São quatro e meia no relógio de parede. As badaladas curtas, de sonoridade amplificada, ampliam a aflição dos rostos esparsos pela sala de estar.

* * *

No portão da mansão, um sabiá quebra o silêncio. Bate asas assustado. Sobe e pousa sobre o arco de pedra onde se lê "Solar das Rosáceas". Ao fundo, vaga poeira se levanta na curva da estrada. Um carro se aproxima.

Lili tem um sobressalto. Ouve um crescente ruído de motor. Corre até a janela, olha. E dá o alarme, em alta voz:
— Gente, a bandida da Abelha chegou!
Gloriosa de Orléans corre para conferir a boa-nova.
A sala se agita, num ímpeto coletivo. Os homens se entreolham e se movimentam em disfarçado alívio. Querendo saber mais.
Maria Grinalda chega aos pulinhos. Abre espaço entre Gloriosa e Lili. Em torno da janela, gritinhos de alívio, suspiros, surpresa. Lili prageja, aliviada:
— Bicha desgraçada, nem acredito que essa maldita chegou!
Há quase felicidade, quando veem o portão se abrir automaticamente. Maria Grinalda confessa:
— Tô me sentindo toda arregaçada. Chega a bambear as pernas.
O carro de Abelha entra. Uma carga estranha no bagageiro. Não se dirige ao estacionamento. Sobe direto pela alameda.
Gloriosa de Orléans não se contém. Corre até o hall.
Na sala, os prisioneiros se movimentam, tentando se libertar das amarras. Ansiosos, impotentes. Não se sabe se sentem alívio. Ou medo do que está por vir.

Do hall, Matias vê Grinalda, que corre com dificuldade para se juntar a Lili e Gloriosa, já postadas do lado de fora da mansão. Menininha espia da janela da biblioteca. Solitária. Semblante neutro.

O carro vem se aproximando. O longo volume no bagageiro está coberto por uma lona. As meninas olham espantadas.

— Credo, o que é isso?

Enquanto o carro estaciona diante da entrada, a perplexidade cresce.

A porta do carro se abre. Abelha é a primeira a descer. Está lívida, séria, segura. A agitação de seus movimentos denuncia que carregou no pó.

— Desculpe, gente. Foi a porra da bateria do celular. Acabou logo no começo da viagem, essa bosta.

Olha para o grupo, com algum deboche:

— O viadeiro aí não rezou o suficiente, foi isso, né?

Puxa Otávio, que sai do carro, ainda com seus óculos escuros. Dalila desce e não se contém:

— Beeechas! Aqui estamos!

Gritinhos. Abelha adverte:

— Estão esperando o quê? Venham aqui ajudar.

As monas desamarram as cordas que envolvem a lona sobre o capô do carro. Abelha puxa. Preso ao bagageiro, surge um caixão funerário. Exclamações de surpresa. Não se trata de um caixão qualquer, mas de um luxuoso ataúde de jacarandá avermelhado, alças com varão dourado, cantos arredondados e todo o seu contorno em alto-relevo.

Grinalda não contém seu espanto:

— Gente, o que deu na Abelha?

Otávio, Dalila, Gloriosa e Matias carregam o ataúde para dentro. Abelha vem logo atrás, com as duas maletas. Sobem os degraus da mansão. É um cortejo fúnebre estranho, grávido de expectativa.

O caixão de defunto repousa no chão da sala. Gloriosa e Grinalda aguardam Abelha, ansiosamente. Lili espia, mais afastada. Abelha, andar fatigado, aproxima-se com as malas. Para no meio da sala e examina os rostos interrogativos que olham fixos nela. Do fundo, os homens assistem, perplexos.

Abelha desabafa:

— Da próxima vez, eu levo dois celulares. Elementar, né?

Enquanto o cerco de monas se arma ao seu redor, ela vai abrindo o zíper das duas maletas pousadas no assoalho. Com lentidão quase cruel, levanta as tampas. Mostra. As malas estão vazias. Há um grito mal sufocado, quase desmaio coletivo de decepção. Antes que as monas protestem e até mesmo a ataquem em crise de histeria, Abelha adverte:
— Calma, bonecas!
Como Joan Crawford não seria suficientemente maldita para tanto, Abelha invoca sua rival Bette Davis para a pequena performance que inicia. Em fulgurante falsa inocência, arrasta as malas abertas. Como dois cadáveres. Até junto do caixão. Abaixa-se. Vira a chave do ataúde. Levanta o tampo. O que se revela é um acolchoado de maços de cem reais empilhados. Abelha levanta-se, ao mesmo tempo que solta uma sonora gargalhada, secundada por Dalila. E faz um amplo gesto para apresentar o confisco:
— É isso aí, gente, ladrão que rouba ladrão tem cem anos de perdão!
Há gritos de alegria quase em uníssono. E saudações sortidas. Maria Grinalda, eufórica:
— Arrasou, bi, a gente conseguiu!
Gloriosa de Orléans, efusiva:
— A senhora tombou no carão, Abelha.
Dalila, assertiva:
— Tu é mesmo foderosa, mona. Eu sabia.
Grinalda e Gloriosa se abraçam. Caem de beijos sobre Abelha. Dalila se junta a elas.
Abelha ri ainda mais e emite um grito de guerra:
— Beeechas, eu sou uma Rainha Diaba, não sou?
Otávio caminha em direção a Leonilson e José Carlos. Visivelmente abatido. Olha para os dois em silêncio. Depois corre o olhar pelos demais. Ali amarrados e amordaçados, denotam algo entre constrangimento, derrota e susto. Clorisvaldo, em especial, tem os olhos saltando das órbitas. Prenúncio de pânico.
Abelha se integra à euforia das meninas:
— Acreditem, bichas. O mais complicado foi tirar a tampa do forro, onde o dinheiro estava escondido. Lá no casarão, sede do partido. Levamos bem meia hora até conseguir botar a mão naqueles sacos pretos. O Tavinho bufava. Eu já estava em pé de guerra. Só quando

abri os sacos e apalpei até o fundo, percebi que a sede do partido ainda é provisória, mas o dinheiro já é definitivo.

Abelha estoura numa risada escrachada antes de continuar.

— E eu pensando que o mais difícil seria a grana da Clorisvalda. Que nada, estava tudo lá ajeitadinho, disfarçado de Bíblia.

Em volta do caixão, as amigas riem. Alisam o dinheiro, deslumbradas ao sentir tanta grana palpável. E nada abstrata, como sempre julgaram até então.

Mais cautelosa que as outras, Lili se aproxima. Vê-se que está feliz. Mas não esconde um ar de desconfiança.

Maria Grinalda, o riso solto, para Abelha:

— Maldita! Aposto que você demorou mais por causa desse caixão. Não precisava se preocupar tanto com esse guardinha à toa. — Aponta para o corpo do segurança, ainda no chão.

Gloriosa, num surto de aristocracia, murmura seu sonho, como uma prece:

— Se Deus ajudar, agora vou ser uma princesa de verdade.

— Quem sabe batendo calçada na Suíça, né, bi? — Grinalda emenda, irônica.

E Dalila, retrucando:

— Eu sou mais simplesinha. Semana que vem compro uma TV de cinquenta polegadas! Um arraso!

Lili chega junto de Abelha. Arma seu melhor olhar malévolo. E sussurra. Um mal contido sorriso de naja de primeira classe:

— Não se esqueça da nossa conversa. Promessa é dívida, meu bem.

Aproveita e brinca com a navalha, sempre a postos.

Abelha olha-a com desdém. Retorna-lhe um sorriso irônico, ainda que cansado:

— Uma rainha como eu nunca deixa de cumprir a palavra. Senão não seria rainha.

Com um gesto rápido, verdadeiro bote de harpia, confisca a navalha de Lili. E ordena:

— Pode desamarrar os bofes. Eles não são mais prisioneiros.

Entrega a navalha. Lili apanha-a, desconcertada.

Matias aproxima-se de Abelha:

— Com toda sinceridade, parabéns. Foi uma ação magistral de expropriação. Me sinto orgulhoso de você. Um pouco invejoso também. Acho que já posso morrer em paz.

Abelha nada responde, não lhe compete. Resgata sua Joan Crawford mais graciosa, vira-se como diva prestes a sair de cena e bate palmas. Para chamar a atenção do público da sala:

— Agora que todo mundo saiu ganhando, vamos celebrar!

Sequencial 29

Cortinas fechadas. O salão de jantar quase às escuras, exceto por alguns pontos de luz ao fundo e velas acesas ao redor. Luz expressionista, acentuando a ambiência teatral. Talvez por refletirem os tecidos que recobrem a mesa, as velas mais próximas emitem tons avermelhados sobre a penumbra.

Lili vigia, a distância, a cena prestes a começar. Parece mais descontraída. Cara de missão cumprida. Com a supervisão de todas as Afrodites, o dinheiro ganho foi acondicionado dentro das malas e levado, em comitiva, até a suíte de Abelha. Onde agora está trancado e seguro. A grana será repartida após o jantar, conforme combinado. Mas nunca se sabe. Alguém tem que manter a cabeça no lugar. Lili conhece as manias de Abelha. E sabe que o ensaio do funeral faz parte. Paciência não dispensa vigilância.

Menininha segura numa das mãos a câmera Canon Rebel, pequena e fácil de manusear. Caminha filmando em direção à mesa de jantar, sobre a qual se encontra uma mesa menor. O conjunto lembra uma pira vermelha, encimada por um objeto longo. À medida que a câmera se aproxima, percebe-se que se trata do ataúde de jacarandá, sem tampa. Menininha fixa o quadro. Depois, faz uma panorâmica até enquadrar Matias, que se aproxima com um livro, no qual lê um poema. Solene como o porta-voz de um drama:

— Eu nasci num dia em que Deus estava doente.

Ao fundo, eclode um possante som de órgão. Menininha refaz o movimento até o alto da pira. A câmera desliza e enquadra o esquife. Ouve-se Matias, em off:

— Existe um vazio em meu ar metafísico que ninguém há de tocar.

Num repente, Abelha emerge do caixão de defunto. Senta-se. E interrompe a ação com palmas. Corte. Parece irritadíssima.

— Não é nada disso, Gloriosa. Você colocou a faixa errada do CD. Essa aí não dá o clima exato. Vamos começar o poema de novo, Matias. E você, Maria Grinalda, não se esqueça da luz na hora certa.
— Voltando para dentro do caixão, diz: — Deus, eu detesto bicha burra.
A câmera de Menininha retoma os mesmos movimentos. Agora mais lenta e ritualística. Matias recomeça, em off, *eu nasci num dia em que Deus estava doente*. A música de órgão entra mais metálica, mais solene. Acentua-se o clima sagrado. Matias continua, *todos sabem que vivo, que sou mau, e não sabem do dezembro desse janeiro.*
As luzes se acendem. Em plano geral, Menininha maneja a Rebel até enquadrar as duas salas que brilham, enfeitadas com guirlandas. Corrige com uma panorâmica até a sala de jantar. Enquadra a mesa como um monumento vermelho. Detalha as velas próximas. Dá um zoom sobre o sinistro bolo de noiva e foca no alto da pira. De dentro do caixão, Abelha levanta a cabeça e espia. Senta-se de novo, num gesto de impaciência. Corte. Seus gritos:
— Para essa merda. Para tudo! E as luzes do fundo, Maria Grinalda? Eu disse para acender TODAS as luzes, porra. E você, Gloriosa von Kleist, a música tem de entrar num supetão, logo que Matias anuncia a doença de Deus. Está me entendendo, viado? Preciso de pompa e circunstância! E você, Menininha, suba devagar pela escada e depois em cima da mesa. Cuidado pra não balançar demais a câmera na mão, senão vai parecer filme do Cinema Novo. Faça com leveza. Eu quero tudo postado no meu blog, entendeu?
Menininha liga a câmera e recomeça o plano geral. Faz panorâmica até Matias com o livro nas mãos, *existe um vazio em meu ar metafísico que ninguém há de tocar*. Os sons frenéticos do órgão irrompem de novo. A voz de Matias tenta se sobrepor, *o claustro de um silêncio que fala à flor de fogo...*
Menininha registra o público. As Afrodites encontram-se atentas em seus postos. Maria Grinalda junto ao quadro de luz. Gloriosa e Dalila se revezam no som. Como coadjuvantes na mise-en-scène, as três já acolheram em seu universo aquele órgão maluco que as persegue desde a chegada. O entusiasmo talvez se deva à boa parcela de brilho que cheiraram. Prêmio da fada madrinha pelo desempenho nas ações

dessa tarde, é claro. Ao mesmo tempo que trabalham, divertem-se com o espetáculo, na expectativa do acerto financeiro logo mais. Percebem que a Pomba Gira anda por ali.

Os políticos sentam-se nos sofás da sala de estar. Olhares sem rumo, assistem friamente, em contraste com os sons do órgão cuja energia parece capaz de mover o mundo. Em lento travelling, Menininha registra seus rostos em primeiro plano, cuidadosa para não tropeçar. O pastor baixa a cabeça. Evita se mostrar. Os demais nem sequer se movem. Talvez estejam ansiosos para o desenlace. Talvez apenas com fome. Em off, Matias prossegue, *e que eu não me vá sem levar dezembros, sem deixar janeiros.* Corte.

Menininha se reposiciona. Por instantes, os sons graves da pedaleira do órgão protagonizam a música. Logo as notas mais agudas das teclas retornam, misturam-se aos graves e tocam repetições barrocas gagas, em que o ritmo se acelera ainda mais. Parece preparar terreno para uma orgia, até brotar a melodia sensual e transfigurada, quase paranoica, com idas e vindas de notas que disparam como fragmentos da alma em explosão. A câmera se aproxima de novo da pira, no lusco-fusco das velas. Menininha sobe a escada. Anda sobre a mesa de mármore com tal leveza que parece sobrevoar a cena. Perfaz, assim, um lindo travelling sobre o caixão. Em primeiro plano, capta seus detalhes vermelhos e dourados, que reverberam a luz da morte. A música vai e volta, rodopia, todos os sentidos da alma se magnificam e corporificam numa abstração matemática endemoninhada. Pelo monitor da Rebel, agora se vê o rosto de Abelha, que subitamente se põe de joelhos dentro do caixão. E sai do campo da câmera. Menininha corrige, com um leve tremor. E consegue ampliar o zoom. Dilata o primeiro plano, para enquadrar os braços que Abelha estende para os céus. Delirante, cheirada, extasiada ante os sons do órgão que parecem chamuscados pelas chamas do inferno, enquanto se atiram aos abismos sem fim do paraíso. Abelha alardeia em alta voz, contraponteando no modo mais barroco:

— Dá-lhe, João Sebastião. Manda ver, exacerba, arregaça tudo. Solta a franga, porra. É isso aí, escancara a beleza, revela, anuncia. Arrebenta os tubos desse órgão. Eu amo você assim, pirando na *tocatta*, seu filho da puta genial.

Impulsionada pela beleza da música, a generosidade de Abelha aflora. E um punhado de pinos de cocaína é despejado ao público. De dentro do caixão despenca também, no mesmo gesto, uma profusão de confetes coloridos. O ar se enche de carnaval e sagração.

Em pontos diferentes da sala, Otávio e Leonilson esgueiram-se, igualmente ouriçados. Disfarçando, apanham alguns pinos que caíram ali perto. José Carlos, mesmo com o rosto inchado, é mais afoito. Agacha-se. De quatro, vai recolhendo o que encontra. Matias se apressa na leitura, *pois eu nasci num dia em que Deus estava doente*, e interrompe para coletar seu quinhão de pinos no piso da sala.

Menininha concentra-se no plano fechado em Abelha, que continua de joelhos dentro do caixão e gesticula como um maestro insano. Rege uma sinfonia de estilhaços vomitados e rearticulados com primor:

— Até formar poesia em estado de puro tesão, porra. A Terezona d'Ávila é que sabia das coisas. Nada como foder e gozar e gozar e gozar. Com Deus! Olhaí o louco visionário! Quando compôs essa maravilha, o cara só podia estar no meio de um orgasmo, porra! — Regendo em desvario crescente. — Vocês ouvem isso? É orgasmo múltiplo. O filho da puta goza sem parar. Está tendo o maior orgasmo de todos os tempos. Fode com Deus!

Fora do campo da câmera, pode-se ver que os homens aproveitam o embalo para destampar os pinos. Sofregamente, aspiram o pó de um só golpe nas costas da mão. Talvez não seja, mas parece um gesto coralizado. Dr. Hermes e o pastor contraem-se de asco. Uma vez sorvido o brilho, volta-se ao normal pudico. E Matias, reabrindo prontamente o livro, *porque em meu verso assobiam ventos desenroscados da Esfinge questionadora do Deserto.*

Abelha passa os olhos pela cena. Interrompe a regência diabólica. Pelo monitor, a zoom cheia flagra desaprovação em seu rosto. Corte. Abelha se enerva:

— Gente, que porra é essa? O velho Bach se descabelando com tanta sofreguidão amorosa e vocês aí... Estão ou não estão ensaiando o funeral solene de Carlota II? Mais entusiasmo! Já disse que quero muita festa. Eu, uma louca desvairada, que sempre adorei putaria, não vou terminar a vida na choradeira. Celebrem!

Abelha faz sinal para os lados do controle de som:

— O.k., vamos logo pra segunda parte. Dalila, é a tua vez.

Dalila atende de imediato. Entra com a nova música. Um batuque africano feroz. E Abelha:

— Vamos lá, pessoal! Podem se esfregar à vontade. Ainda há tempo para a suruba que ficou faltando neste fim de semana. Sacanagem é a culminância da vida, porra! Vamos lá, como despedida. Tem que celebrar a morte com muita safadeza. Carlota II vai penetrar seu mistério final. Ação, ação!

Matias procura reagir. Ergue a voz, fazendo eco às batidas percussionadas da música, *todos sabem e não sabem que a Luz é tísica e a Sombra está gorda.*

Menininha volta em plano fechado. Abelha se joga na vibração do batuque. Faz uma pausa. E concede, com soberania teatralizada, não sem certo cinismo:

— Aí vão mais indulgências plenárias para animar a plateia. Indulgências da melhor qualidade. Presente de Deus... O Senhor quer todo mundo feliz.

Tira do caixão mais um punhado de pinos de cocaína e joga em direção aos homens.

As monas riem, deliciadas:

— Gente, agora baixou de vez a Pomba Gira na Abelha!

— Laroiê, Pomba Gira!

Até mesmo Lili concede, do seu posto vigilante:

— Laroiê, minha comadre!

Luzes se acendem em pontos mais distantes da sala. As Afrodites sabem que é hora de mudar de tarefa. Saem de seus lugares e se apresentam diante dos homens, a quem tiram para dançar. Apesar do incremento da cocaína cheirada às escondidas, eles ainda parecem pouco integrados. Dr. Hermes e o pastor se recusam a entrar na dança. Matias, animado em excesso, atropela os versos, *não sabem que o Mistério sintetiza, que é corcunda... na passagem meridiana dos limites*, interrompe e vai compor a improvisada quadrilha.

No fundo da sala, Lili se balança, afrouxando a vigilância. Menininha filmando. O grupo forma um trenzinho que acompanha canhestramente as batucadas. Abelha faz chover confetes e serpentinas do alto da pira. Menininha recua com a câmera. Registra as Afrodites gingando freneticamente. Até mesmo Grinalda, que se esqueceu do ferimento, no embalo do batuque e do pó. Parecem em transe, num imprevisto terreiro de macumba. Agora mais animados, os políticos se sacodem um pouco. Desfilam diante da mesa-pira.

Pelo pequeno monitor da câmera, a imagem vai subindo até enquadrar Abelha, no instante em que se põe de pé dentro do caixão. Aos berros, voz ainda mais histérica, secundada pelos toques dos tambores:

— Gente, eu amo o vírus. Ele faz parte do meu ser. Ele ensina a necessidade de recomeçar. Eu vou morrer de um vírus sagrado.

A Rebel de Menininha enquadra Abelha num close desvairado. Caem mais confetes que Carlota II despeja em direção aos dançarinos carnavalizados. Corte.

Menininha quer documentar o entorno em detalhes, para que não se duvide do local da festa. Caminha com a câmera em lento travelling pelos corredores da mansão. Móveis. Quadros. Plantas. Tudo agora parece fugaz e nebuloso. Quase irreal, através do olhar da câmera. A música vai diminuindo em fade. Ao fundo, ouve-se apenas a voz de Abelha, eloquente, imperiosa:

— A morte é o maior espetáculo da Terra. Com um simples vírus, destrói certezas imbatíveis. O vírus-profeta não apodrece o mundo, vem purificar. Ataca e destrói nossos cérebros medíocres, responsáveis pela podridão que nos rodeia. O vírus contamina tudo para instaurar o caos bem-aventurado.

Ao final do seu longo travelling, Menininha faz o contorno do átrio. Deixa para trás o luar rebatido no espelho d'água. Retorna à sala de jantar. E estaca junto à mesa-pira. O monitor da câmera enquadra Abelha ainda em pé sobre o caixão. Agora sobraçando um maço de flores. Parece uma diva de ópera, possuída por sua ária.

— ... dezenove virou vinte. A partir do nada, um novo embrião. O vírus traz de volta a Idade de Ouro. A grande morte é a grande revolução. E eu sou a Rainha que morre feliz. — Ela atira as flores para o público. — E antes que me esqueça, quero que na minha lápide se inscreva o epitáfio: "Do pó ao pó, pelo pó". Viva la muerte!

No monitor da câmera, a tomada surge magnífica. Menininha rodeia a mesa-pira. Sem perder do quadro o rosto iluminado e febril de Abelha, que proclama como uma profeta desvairada:

— A partir de agora se inicia solenemente a nova Idade de Ouro do Brasil, sob a égide de Carlota II, a Sábia. Brilho grátis para todas!

Com magnanimidade imperial, atira o último punhado de pinos de cocaína. Ao fundo, soa a voz de Matias perseguindo o mesmo tom de desvario, *eu nasci num dia em que Deus estava doente, doente grave*.

O semblante majestático de Abelha mantém-se no monitor da câmera. Então, em delicado travelling vertical, Menininha acompanha seu movimento deixando o caixão e descendo da pira pela escadinha, até o chão. Espetáculo encerrado. A diva abandona o palco. Corte.

O som para. A câmera capta Maria Grinalda, Gloriosa e Dalila que saem de seus lugares e beijam as mãos de Abelha, falsas súditas. Rindo fácil, de puro escracho turbinado. Exacerbada pelo padê, Grinalda não se contém:

— A senhora merece mesmo ser nossa rainha. É a Nossa Senhora das Bichas!

Trôpega, Abelha não consegue conter um risinho cínico, ainda que honesto. E segreda:

— Pois então me acreditem! A casa é de vocês, viados. Presente da Rainha Bicha. Podem levar o que quiserem. Vocês merecem!

A seguir, vira-se para o grupo de políticos. Um tanto exaustos, um tanto perplexos, um tanto chapados. E conclama:

— Gente, depois da consagração do meu corpo e do meu sangue, vamos todas tomar um banho e nos preparar para o jantar. Às oito, em ponto.

O close de Abelha, olhos faiscantes de tão carregada no brilho e na febre, é a última imagem que Menininha registra na câmera.

Corte. Lili observa de longe, assuntando, somando e dividindo.

O relógio de parede toca seu carrilhão e repica as horas. Oito badaladas.

A mansão reflete apenas a luz do luar, que entra pelo espaço do solário e do átrio. No ar, um cheiro de assado adiciona expectativa e descontração. Uma a uma, as Afrodites saem das suas suítes, com os respectivos políticos. Vão caminhando pelos corredores, solenes de felicidade. Do outro lado da mansão, Lili, Otávio e Leonilson já as esperam. Maquiladas, perfumadas e vestidas em seus trajes de festa, as monas retornaram ao antigo resplendor. Gloriosa de Orléans usa o mesmo shortinho em lamê dourado e sutiã de *strass*, de grande efeito junto aos seus cabelos ruivos. Dalila Darling se vê soberba em seu vestido de tule branco transparente. Mesmo mancando, Grinalda não perde a beleza de madona redonda e despudorada, em seu vestidinho de estampas azuis. Lili Holiday, de semblante principesco, voltou ao minivestido verde neon, que resplandece no contraste com sua pele. Andando à frente dos políticos, elas desfilam seu melhor rebolado, em cima dos sapatos de salto alto. Os homens as seguem. Otávio à frente. Igualmente banhados e refrescados, caminham numa inusitada procissão que lança longas sombras, ao passar pelos lampadários acesos.

Quando chegam à sala de estar, Abelha as aguarda em pé. Seu vestido semilongo de listras revela-a ainda mais magra. Mas a elegância, realçada pelo colar e pelos brincos de pérolas, redime-a. Tudo pronto para o banquete. O grupo acompanha Abelha até sala de jantar.

Lili acende as luzes. As meninas emitem um gritinho em uníssono. De encanto e susto. Até os políticos manifestam entusiasmo no semblante que se abre, quando veem a mesa lindamente arrumada para o jantar. Sobre a toalha de linho vermelho-vivo, castiçais acesos, pratos de louça portuguesa, taças de cristal e garrafas de vinho abertas. No centro, sobre a mesa menor, o caixão de defunto permanece. Agora coberto com arranjos de flores colhidas nos canteiros do jardim. São tão coloridas que não há morbidez. O esquife sugere um vaso desmedido. À altura da celebração e do final feliz para todos.

Com ares de anfitriã, Abelha balança um sininho de prata. E convida solenemente:

— *Wilkommen, bienvenue, welcome* à nossa última ceia antes da partida. Afinal, acabou a agonia. Como sabem, amanhã é domingo de Páscoa, quer dizer, Ressurreição, vida nova... Um dia de alegria, de muito brilho. Então vamos celebrar, em despedida. — Abelha volta-se para elas. — Meninas, logo depois do jantar, partilhamos o dinheiro. — Agora dirige-se a eles. — E os senhores políticos poderão partir, de manhã.

O grupo se acomoda em seus lugares à mesa. Menininha vem chegando da cozinha. Um delicioso perfume de carneiro assado a precede. Empurra o carrinho de serviço carregado de travessas de prata e jarros de cristal. Provoca sorrisos de alegria, maldisfarçados ou escancarados.

Abelha abre os braços majestosamente. Curva-se com realeza:

— Convido todas para este modesto banquete dos mendigos... agora ricos. Ainda que tarde, fizemos a nossa redistribuição de renda. Palavra de Carlota II. Sirvam-se! Bom apetite a todas!

Sentados, políticos e travestis, lado a lado. Todos comem famintos. Ouvem-se os ruídos dos garfos nos pratos, o que acentua o silêncio em torno à mesa servida. O vinho é farto. Talvez por isso o clima entre os homens pareça mais pacificado. Apenas Hermes e Clorisvaldo continuam abatidos. As Afrodites não contêm a euforia. Terminaram bem seu serviço. Às vezes alguém emite um elogio. Matias faz uma ou outra brincadeira. Ensaia até mesmo um brinde, que soa artificial. Nos rostos dos políticos, sinais de descontração, ante a expectativa de se verem livres na manhã seguinte. Em diferentes matizes, denotam uma nesga de esperança. Mesmo com reticências, alguma desconfiança, resquícios do medo dos últimos dias, há alívio, afinal.

Na cabeceira da mesa, Abelha levanta a taça com vinho:

— Ia me esquecendo. Boa Páscoa para todas!

Sem prévio anúncio, repentinamente se faz estranho silêncio em toda a mesa. Interrompe-se o jantar. Os gestos se paralisam. Os convivas olham para um mesmo ponto. Dos fundos da mansão, um vulto vem adentrando a sala de jantar. Em solene lentidão. Tanto as travestis quanto os políticos são tomados de surpresa. Em pé, diante dos convivas, vê-se algo como um anjo. Menininha os fita. Traja um luminoso vestido rodado, de seda branca perolada, saltos altos e uma gargantilha no pescoço. Uma miúda Marilyn Monroe. Seu rosto irradia certa tristeza iluminada. Entre ela e o grupo há uma troca de olhares prolongados. Compõe-se, inesperado, um afresco de puro encantamento. Apenas Abelha ousa se manifestar, emocionada:

— Que linda, meu bem! Está tudo ótimo. Muito obrigada.

Menininha permanece alguns instantes diante do banquete. Muda e imperturbável. Seu olhar emite algum sinal enigmático. Ou profético, talvez. Há nele um fulgor invulgar.

Menininha lhes dá as costas. E caminha de volta à sua suíte.

Sequencial 30

Do alto, a estradinha se vê como uma fita negra. Bordejada ora pela mata de nuances verdes, ora pelos campos em que o capinzal se mescla ao amarelo das flores silvestres. O ar é úmido e indistinto. O sol recente ainda não dissipou de todo a neblina. Pelo acostamento, um borrão solitário se move a distância. De modo regular, mas improvável. À medida que se aproxima, ficam mais distintos o azul e o branco. Não deixam de carregar algum enigma em horário tão prematuro. Enquanto perfuram a névoa, o branco quase reluzente e o azul saliente evidenciam uma presença palpável. Fantasmas não caminham à luz do dia. Nem parecem voltar para casa numa fresca manhã de Páscoa como esta.

Poderia ser um anjo. Sim, aproxima-se um anjo. Mas não sozinho. Empurra um carrinho de bebê azul. Apesar de frágeis, seus membros flexíveis impulsionam cada passo com regularidade e pressa. A pequena dimensão da figura e sua vestimenta não deixam dúvida. Apesar dos óculos escuros e da peruca loira, só pode ser Menininha. Aproxima-se mais e mais. Mantém os ares sagrados de Marilyn Monroe, em seu vestido de seda plissada que a Rainha lhe deu, para se sentir esvoaçante. Vê-se que Menininha se comporta como tal. Exibe agora um requebrado rematadamente adulto. A seda branca balança com graça ao ritmo de suas ancas. Que se movem como molas. Os seios de sutiã acolchoado e o colar de pérolas acentuam seu perfil de mulher-feita. Exceto que, agora, não usa o salto alto do jantar, e sim sandálias de salto baixo. O que salienta seu frescor de garota.

O carrinho de bebê trepida. Mas é suficientemente seguro em suas três rodas maciças. Na parte interna, estende-se uma manta rosa. Ao lado, uma boneca repousa informalmente. E uma chupeta dependurada balança com inocência. Há ainda uma sacola lateral para apetrechos do bebê. No compartimento traseiro, repousa uma maleta, amarrada por cordão de nylon.

Mesmo empurrando o carrinho de bebê, Menininha marcha decidida e sem esforço. Tem o rosto pálido, mas tranquilo. Nenhum sinal de medo ou indecisão. Em seu pescoço, o colar de pérolas de Abelha sacode e dança. Seu andar denota a vocação de uma princesa.

Ouve-se ao longe o que parece ser uma marcha solene, tocada por uma bandinha. Ah, celebra-se a festa do domingo de Páscoa, radiosa manhã da ressurreição. Numa curva da estrada, surgem algumas pessoas apressadas, em trajes festivos. Crianças acorrem em círculos de felicidade. A pequena princesa continua sua caminhada em ritmo regular. O som da marcha vem crescendo. Quando a estrada se descortina inteira, lá adiante surge uma multidão lenta e quase marcial.

Menininha não se surpreende. Vê-se diante de uma procissão com andores. Caminha em direção ao grupo. Passo a passo ritmado, empurrando seu carrinho de bebê pelo acostamento. Fiéis cantam. Acompanham a marcha que a bandinha toca. Um primeiro andor tremula nos ombros de quatro homens. Cetins, flores e papel crepom cercam a Virgem que olha para os céus, com recato. Espocam rojões. A procissão passa por Menininha, que continua a caminhar em sentido contrário. Dois coroinhas e um turíbulo fumegante precedem o vigário da cidade, olhar cerimonioso, engalanado por uma capa branca de fios dourados.

Mais cantorias, vozes majoritariamente femininas. Por um momento, que parece mágico, Menininha se confunde em meio a um bando de crianças vestidas de anjos em revoada. Riem e cochicham, uma ou outra espicha o pescoço tentando ver o bebê no carrinho. Menininha prossegue. Sem esmorecer. Mais um andor. Em meio a flores brancas, Cristo levanta os braços. Ressuscitado e redentor. Sua auréola dourada reflete os raios do sol que já se intensificam. A melodia, vagamente conhecida, poderia comover de tão tristonha. Mas Menininha não se importa. Tem uma meta e precisa chegar lá.

Os anjinhos ficam para trás. A banda, que encerra a procissão, passa com sua marcha de solenidade quase funérea, em plena celebração pascal. Espocam rojões mais próximos. Menininha não se assusta. A procissão e a banda vão desaparecendo de vista. Menininha não para de caminhar. À medida que o som se distancia, a marcha tocada se define. Ah, sim, é o virundum, o inconfundível hino nacional brasileiro. Por alguma estranha distorção, arrasta-se no ritmo de uma marcha fúnebre. Marca compassos de uma paz de cemitério. Como se o andamento da música ralentasse o próprio tempo, em câmera lenta. Não para Menininha, que continua empurrando o carrinho, em ritmo regular. Desfila sua refulgência pela estrada, enquanto o pesaroso hino fica para trás. Tão logo se desvanecem os últimos fiapos da melodia, soam mais marcados os seus passos no asfalto da estrada e o deslizar do carrinho. O vestido de seda se move no balé das pequenas ancas.

Mais adiante, vê-se finalmente a cidade interiorana. Menininha desvia da estrada. Adentra um terreno cheio de arbustos. Encosta o carrinho junto a uma árvore. De sob a manta rosa do bebê, retira uma maleta. Coloca em seu lugar a boneca. Na parte de trás, desamarra e apanha a segunda maleta. Por fim, ajeita no ombro a sacola. E abandona o carrinho.

Menininha volta para a estrada, as sandálias agora sujas de barro. Caminha mais rápido, as mãos ocupadas com as maletas de Abelha. Seu andar responde ao molejo das ancas. O vestido de seda esvoaça para um lado e outro, no ritmo de uma dança. Apesar de parecer mais ofegante, continua determinada. Aquelas maletas não carregam peso, mas alívio. Estão prenhes do seu futuro, até então improvável, que Abelha lhe deu de presente. Sem conter um sorriso afinal conquistado, Menininha vai tomando distância, longamente se distanciando em passo firme, até entrar lá adiante na primeira rua, que leva ao centro da cidade. Pode-se adivinhar que tomará um táxi para uma viagem de longa distância, em direção à sua ansiada paz.

A estrada vazia fica para trás. As pequenas pegadas de barro no asfalto são uma lembrança de que por ali passou o futuro do Brasil.

Só o carrinho azul de bebê, no meio dos arbustos, permanece como testemunha solitária. Para narrar seu enigma a quem souber decifrar.

O dourado do sol já perde sua doçura e começa a arder no asfalto. Um sino de igreja soa ao longe. Um cachorro sarnento passa. Fuça alguma carniça. E desaparece. Grilos estrilam por toda parte. A estrada continua vazia.

Não por muito tempo. Ao longe ouvem-se sirenas que se aproximam, mais e mais. Subitamente, detrás de uma lombada surgem dois, três, quatro, incontáveis carros de polícia em corrida desabalada, no meio do pó que se levanta do acostamento. As sirenas competem em histeria, à caça de um crime que farejaram. No alto, um estrondo, depois outro e mais outro e outro ainda. Quatro helicópteros atravessam o céu trovejando furiosos, clamando por vingança. Em direção ao Solar das Rosáceas.

Sequencial 31

Tudo aqui dentro parece fugaz e nebuloso, quase irreal. Mas não é. Lá fora, o canto dos pássaros parece, mas não é. Abrimos caminho no silêncio. Que se pode apalpar, inflado de concretude. E deslizamos pelo espaço da mansão. Agora sentimos. Silêncio nada neutro. Agourento. Atravessamos um corredor vazio. E mais outro. O carrilhão que imita Westminster dispara. Badalam horas vagas, incertas no relógio da parede. Um enigma ainda palpita depois de tudo o que aconteceu. Pelas portas abertas da primeira suíte soam repetidos toques de celulares abafados, mas audíveis. Parecem pedidos de socorro. Param alguns instantes e voltam a tocar com intermitência. Ora um, ora outro. Ora vários ao mesmo tempo. Diferentes tons e toques. Aflitos, esganando-se. Enquanto deambulamos, móveis, quadros e objetos revelam-se esvaziados de sentido. Por toda parte. Estão ali por estarem. Como se a mansão ocupasse um vácuo. Ultrapassamos a suíte máster. À frente, ouve-se uma voz indistinta e metálica. Avançamos. Como serpentes aladas. Talvez para um lado, talvez para outro. Apenas buscamos compreender. A voz fica mais e mais próxima. Nosso deambular à deriva é invadido por um cheiro crescente. Ou muitos matizes compondo um único odor. Não que seja agradável. Mas nos instiga a continuar buscando. Agora já se percebe. A voz gravada de Abelha. Os cheiros incômodos aumentam mais, até se concentrarem. Ah, detectamos. É o cheiro da morte, que nos envolve. A voz de Abelha ecoa em todo o entorno da sala de estar, que adentramos. E o cheiro vindo de algum foco mais próximo. Pelo sistema de som, ouve-se aquilo que conseguimos captar:

... *agora se inicia. Eu, Carlota II, a Sábia, proclamo um novo tempo e uma nova Constituição, que esteja à altura da nova Idade de Ouro do Brasil. Uma Constituição contra a babaquice, contra a doença da conciliação, contra a estagnação dourada das cabeças.*

Estacamos no meio da sala, com atenção concentrada em sua eloquência:

... *uma Constituição que leve o exercício da liberdade até as últimas consequências. Vamos dizer assim: para que todo mundo possa ser livre até onde puder. E arque com as consequências. Sob minha égide, sempre.*

Divisamos a sala de jantar, logo à frente. Paramos assombradas. Um alumbramento às avessas. Mas genuíno. A pira, rodeada de vermelho como uma sarça ardente, arde sem chamas, sem Deus. No seu topo, um esquife aberto, restos de flores nas bordas. Sobrevoamos para sondar do alto. Está habitado, o esquife. Deitada e imóvel, Vera Bee, mais conhecida como Abelha Rainha, aperta um maço de rosas vermelhas, porque sempre quis parecer perfeitamente morta e bela. Em torno ao pescoço, sua echarpe predileta de seda verde-limão. Sobre o peito, sinais de vômito, que alguém limpou. Abaixo das mãos, seu leque japonês aberto revela gueixas floridas. O rosto cadavérico da outrora rainha não ostenta susto. Foi maquilada com esmero, longos cílios postiços, batom carmim nos lábios. Sua Pomba Gira parece finalmente em paz.

Muito concreta, mas algo distante, a voz gravada de Abelha insiste. Quase onipresente:

... *terá por finalidade criar uma nova civilização florescida da merda, nem mais, nem menos. Artigo 2: Das leis — Não existem leis. Artigo 3: Da educação — A soberana proclama a necessidade de desaprender tudo, começando pelo começo: desobedecer ao que foi estabelecido. Artigo 4: Do amor — Amar e foder. Não tem coisa melhor.*

Percebemos algo como um ruído de riso contido, na gravação.

Ainda do alto da pira, perfuramos o cheiro nauseante da morte. Olhamos em panorâmica a cena. Flores murchas se espalham pelo chão, como se atiradas a esmo. Ao redor da mesa, corpos inertes. Mortes incruentas, nenhum sinal de sangue. O que se vê é sobretudo vômito. No chão ou nos peitos, e nas pernas de quem morreu sentado. As bocas escancaradas e olhos esbugalhados em alguns corpos parecem indicar gritos petrificados pela morte. Sinais de dor ressaltam nos rostos com vômito mais abundante. Não há explicação plausível para tanto sofrimento em certos semblantes e quase paz em outros. Passamos por esgares, arreganhados aqui, sugeridos ali. Notam-se rastros de urina ao redor de alguns corpos. E fezes difusas, até mesmo nas mãos. Crispadas, por vezes. Ou impotentes, com braços pendendo nas laterais dos corpos. Baixamos até o chão. Lili Manjuba, também chamada Lili Holiday, aparece em primeiro plano. Rígida, em sua cadeira, vômito intenso sobre o vestido verde neon. Os braços soltos ostentam suas cicatrizes e a mecha vermelha destaca-se na cabeça que pende para o chão. Quase tropeçamos no cadáver do famoso escritor e deputado federal Matias. Óculos quebrados, de borco no chão, braços e pernas contorcidos, um pé descalço. Pouco adiante, o cadáver do usineiro Leonilson, boca e olhos abertos no rosto rígido de hematomas. Encostado à parede, vê-se cercado de estilhaços de um quadro que despencou sobre ele. No chão, ao lado, o corpo imóvel de Maria Grinalda. Vestido manchado de vinho, costas e coxas à mostra, olhos arregalados no rosto que um dia foi belo. Sentado à mesa, o cadáver do fazendeiro, ex-senador e ex-ministro dr. Hermes. Rosto crispado, papada exposta, muito mais velho do que o cabelo acaju dissimulava. A calça desabotoada deixa escoar sua farta barriga e sinais de merda. Prestes a desabar da cadeira, o jornalista José Carlos congelou esgares no rosto inchado, o curativo pendendo de sua ferida exposta e a barbicha melada de vômito. Sobrevoamos, constatando. Do outro lado da mesa, o corpo inerte do anfitrião Otávio, caído junto à cadeira, em meio a uma poça de urina. Camisa aberta com botões estourados, horror evidente no rosto de olhos azuis mortiços, por entre hematomas. No chão, o pastor Clorisvaldo segura uma taça quebrada. Cabelos despenteados e rosto contorcido, ainda mais bizarro. A boca aberta parece pedir socorro, em vão.

A voz de Abelha ainda soa. Às vezes sarcástica. Às vezes grave como de uma profetisa:

Artigo 5: Da moral — A moral não existe. Mas prometemos voltar a pensar no assunto. Artigo 6: Da economia — Derramaremos milhões em notas falsas de cem reais, especialmente nos bairros pobres e favelas. Vamos aproveitar a ânsia geral por dinheiro e fazer, enfim, uma verdadeira redistribuição da renda nacional.

Deslizamos lentamente pela sala de estar. Constatamos sinais de desarrumação e confusão. Passamos por objetos caídos ao chão, pedaços de um vaso, a televisão estilhaçada. Restos de guirlandas se enroscam no cadáver de Gloriosa de Orléans, caída sobre um sofá. Os lindos cabelos ruivos agora revoltos, os seios nus, o sutiã de *strass* estourado. Ao lado, o corpo enrijecido de Dalila Darling jaz sobre uma cadeira em pedaços, o vestido de tule rasgado, por onde escapuliu um dos seios, como se quisesse fugir.

A voz gravada de Abelha impera, agora risonha. Zombando da morte:

... *as moedas serão conhecidas como* arruelas. *Exceto a de um real, que se chamará* rosca. *As notas em papel se chamam* rola *para a antiga de uma unidade.* Benga *será a de duas unidades. Uma* neca *será a nota de dez unidades. A* vara *já cresce para a nota de vinte unidades. A* piroca *caberá à nota de cinquenta unidades. A* tromba *se agiganta para nomear a nota de cem unidades. A de duzentos perfaz um* toraço. *A de quinhentos, finalmente, será um* necão. *O dinheiro vai se tornar uma coisa mais lúdica, mais acessível.*

Ouvem-se risos incontidos de escracho, na gravação. Em plano geral, examinamos com olhos de recato possível. Faz-se necessário, ante a contundência de um tal espetáculo. O que era presságio tornou-se horror. Certamente, acabava ali mais um novo partido, ainda antes de atuar. Mas também as Afrodites da Pauliceia não mais terão seus amores, nem seus shows.

Deslizamos pelos corredores do outro lado. Deixadas para trás, uma e outra nota de cem reais esvoaçam quando passamos. Ao fundo, ainda se ouve a voz da saudosa rainha Carlota II, distanciando-se aos poucos:

Artigo 7: Da organização social — A sociedade deve voltar às fontes, isto é, não haverá sociedade. Cada qual viverá como bem entender. Com a morte próxima do planeta, a humanidade precisa aproveitar seus estertores finais. Artigo 8: Do governo — O governo aqui sou eu. E eu sou aquela que o mundo tanto gostaria de odiar: Carlota II, a Sábia, que a partir deste momento proclama-se rainha do Pau Brasil.

Ao fundo da gravação, entreouvimos um risinho de chacota. Enquanto prosseguimos, o vazio presente por toda parte denuncia o peso da morte. Quase insuportável. Mesmo o átrio e o solário parecem carregados de vibrações mortuárias. Como se a mansão fosse um grande esquife que vaga esquecido no tempo. Fora da órbita. E deslizamos por cima dos sustos e medos. Entramos pela porta aberta da copa. Ouve-se o som de um rádio que deixaram ligado, na cozinha. A locutora noticia:

Segundo comunicado de um diretor da Embraer, foi fechado acordo com a Força Aérea Equatoriana para a venda de 24 aeronaves turboélice Supertucano. Neste ano, a Embraer venderá Supertucanos também ao Chile e a vários outros países da América Latina. Assim, confirma sua liderança no mercado de aviões bélicos para missões de fronteira.

Deslizamos atravessando a cozinha. Vamos nos deparando com a confusão geral de vidros e pacotes de ingredientes, panelas e vasilhas sujas, espalhadas sobre a mesa. Chegamos até a pia, entupida com pratos e talheres usados. Nosso olhar capta em primeiro plano um recipiente de metal comprido como um vidrinho. Está aberto e vazio, quase caindo na borda da pia, preso à corrente dependurada no ar. Ah, sim, seu cheiro de veneno é inconfundível. Náusea e susto nos afastam. Na rádio, agora um locutor:

Estamos de volta ao seu mais querido programa de todas as manhãs, Ouro sobre Azul. Autêntica música brasileira dos velhos e bons tempos, para recordar e viver. Agora, queridos ouvintes, que tal matar a saudade da eterna Carmen Miranda?

Deslizamos até a porta de tela que dá para o quintal. Bate levemente, com a brisa que sopra. No rádio, uma marchinha brejeira introduz o tema musical, e a voz da Pequena Notável irrompe, desde o passado, como se presente fosse:

...Taí, eu fiz tudo pra você gostar de mim. Ah, meu bem, não faz assim comigo não! Você tem, você tem...

Atravessamos a porta. Deslizamos para o quintal. Embaladas pelo vento, as árvores balançam. Indiferentes à onipresença da morte. A canção vai ficando para trás, enquanto nos distanciamos, em impossível placidez.

... gostar de alguém já é mania que as pessoas têm, se me ajudasse Nosso Senhor eu não pensaria mais no amor...

Passamos pelo corpo imóvel do rottweiler Damião. Continuamos até a piscina e aí nos deparamos com o corpo do seu companheiro Cosme, boiando. Ao lado do cão morto, um cadáver humano. Ah, não demoramos a identificar. O segurança Agenor, cercado pela água azul da piscina.

No silêncio do entorno, deambulamos através do gramado, como serpente que sobrevoa. Pela janela, nosso olhar não nota na mansão outros cadáveres além daqueles que fustigaram nossa dor. Mas, sim, buscamos algo, em nossa deambulação funérea. E reencontramos. Através da janela, entrevemos uma sombra no interior da mansão. O fantasma da Divina? Ah, já não mais. O que nossos olhos intuem é uma dama vestida de noiva barroca. Rosto tão branco quanto o camisolão, coroada de flores, sobre o fundo vermelho que domina toda a mansão, como se tudo ali ardesse. Seria Vienna, portando nas mãos uma Beretta prateada, não estivesse sob suas vestes o fantasma de Carlota II, a atravessar as duas salas. Longamente, acompanhamos com nosso olhar, agora pacificado diante da morte, porque nada mais há que revelar. Tudo se faz lento. A imagem do fantasma começa a se dissipar. E nós não temos certeza.

A porta de tela da cozinha ainda bate. A brisa da manhã sopra a morte.

Éramos seis. Agora, cinco.

O afeto que se encerra

Da cabine dos helicópteros que seguem rumo à mansão assassinada, pode-se divisar um país convulsionado por espasmos de felicidade, mas nem tanto. Lapsos nos sonhos de grandeza se esgarçam até os farrapos, como em toda sua história.

Muito acima dos helicópteros, além, bem mais além, as profecias nascem no altíssimo, ali onde se pressente um outro olhar, enigmático e onipresente, do qual nada escapa. Apesar das alturas, não se trata de nenhum olho divino. Nem é apenas pressentimento, como de Carlota II, a Sábia, cujo reino pretendia se espraiar por essa paisagem desigual. É tão somente o olheiro que testemunha a história. O Espírito do Tempo.

Com seu rigor profético, o Espírito observa o país que se espalha lá embaixo. No caos entre lama e mata, caranguejos e capivaras, rios e mar, a matéria bruta se amalgama em grandes cidades, torres de vidro, avenidas congestionadas, aeroportos, aviões subindo, descendo, casas de subúrbio, lixões, rios fétidos, esgotos a céu aberto, autoestradas, cemitérios, serras, riachos, cachoeiras, nuvens de mosquitos infectos, árvores floridas, despenhadeiros, cataratas, usina de Itaipu, e o tal Olho do Tempo segue conferindo caatingas ressequidas, canaviais, usinas, mangues, mais cemitérios, depois montanhas verdes, montanhas peladas, estradinhas, latifúndios, plantações de soja e milho, rebanhos de vacas, cidades médias e pequenas, cemitérios ainda, carcaças da transposição do rio São Francisco, restos de mataréu, rios caudalosos, muralhas da hidrelétrica de Belo Monte na floresta tropical, aldeias indígenas, uma ou outra onça perdida, fumaça das queimadas, mais floresta tropical com suas cicatrizes de areia, mais nuvens de mosquitos sobrevoando como pragas do Egito, barragens de lama estouram, rios de lama rolando, cidades devastadas, gente morta, cadáveres de animais, notas de dinheiro, aos milhares, trazidas pelo vento feito nuvens de mosquitos, a riqueza nacional espoliada por quadrilhas de poderosos, notas e mais notas que se misturam à lama, rios de lama que atravessam o país, lama despejada no mar, e enfim o mar alto, ilhas, plataformas de petróleo do pré-sal, navios, uma mancha indefinida de vazamento. E quando o oceano Atlântico se espraia num vasto borrão de cor imprecisa, o mesmo Olho Altíssimo constata que o Brasil chega ao fim, após duzentas milhas adentradas.

Pairando sobre tal paisagem tramada pelo absurdo, o Espírito do Tempo tudo vê e registra, bem além do efêmero presente. Lá muito adiante, uma chuva dourada se derrama sobre a antiga Terra de Santa Cruz. A Idade de Ouro se concentra num improvável *golden shower* tuitado. Como uma bênção. E a nação concebe um paradoxo: o gozo nasce do ódio ao gozo. Resta saber se haveria gozo no meio desse dia tornado noite, que subitamente recobre o país com sinais óbvios de destruição.

Seriam compreensíveis as lições dos paradoxos da história? Quanto tempo duraria essa noite composta de fumaça e fuligem da Amazônia em chamas? Ou o paradoxo chegaria também à pulsão destrutiva que se autodestrói? Só cabe ao futuro responder. Mas o Grande Olho do Tempo constata que aqui o futuro passa tão perto, tão rápido, e parte de novo, ecoando a voz do vate luso: eu vi a luz em um país perdido. País da brasa, dormida. Eternamente à procura de si. Do antigo sonho de fogo, resta a prepotência dos poderosos, o carvão das florestas e a cicatriz da saudade, marca da sua deriva ou talvez rogo por salvação.

E como as profecias parecem cumpridas, a realidade sem nome e sem graças nem indulgências retorna ao horizonte do país chamado Brasil. Nascido de uma lenda secular, ele parece seguir seu destino de ilha sem rumo.

(Com o devido nihil obstat, imprima-se a palavra Fim.)

ESTA OBRA FOI COMPOSTA PELA ABREU'S SYSTEM EM ADOBE GARAMOND
E IMPRESSA EM OFSETE PELA GRÁFICA BARTIRA SOBRE PAPEL PÓLEN SOFT DA
SUZANO S.A. PARA A EDITORA SCHWARCZ EM NOVEMBRO DE 2019

A marca FSC® é a garantia de que a madeira utilizada na fabricação do papel deste livro provém de florestas que foram gerenciadas de maneira ambientalmente correta, socialmente justa e economicamente viável, além de outras fontes de origem controlada.